आकलन

अरुण कुमार दीवान

BlueRose Publishers
NewDelhi • London

First Published in November 2021

ISBN: 978-93-5472-560-9

BLUEROSE PUBLISHERS

www.bluerosepublishers.com

info@bluerosepublishers.com

+91 8882 898 898

Cover Design:

Shreya Kapoor

Typographic Design:

Jyoti

Distributed by: BlueRose, Amazon, Flipkart

श्री महावीराय नमः

छोटी छोटी कहानियाँ

(किताब का नाम "आँकलन")

कहानियाँ पढ़कर स्वयं आँकलन करे कि क्या सही है और क्या गलत है। और आप स्वयं किस श्रेणी मे आते हैं और कहीं हम भी तो ऐसी समस्या तो नहीं पैदा कर रहे हैं। सोचें, आप इन समस्याओं को दूर करने मे क्या कदम उठा सकते हों ? ये घटनाएं अपने दैनिक जीवन मे घटित होती रहती हैं और हम इन्हे देखकर भी अनदेखा कर देते हैं। अब हमे ये सोच बदलनी होगी और समाज को एक अच्छा रूप देना होगा।

अनुक्रमणिका

विषय - मानसिकता

कहानी क्रमांक – एक

अपना-पराया

बंगले मे बहुत सजावट हो रही थी ओर मेहमानों का तांता लगा हुआ था ओर सारे मेहमान खाना खाने मे व्यस्त थे तभी नेहा ने अपने पति राज के साथ वहाँ प्रवेश किया क्यूंकि आज राज की छोटी बहन दीपा के बंगले का गृह प्रवेश था। दीपा ने बंगला बहुत ही खूबसूरत ओर बड़ा बनवाया था। तभी दीपा अपने पति अशोक के साथ उनके पास आई।

दीपा : अरे भैय्या-भाभी आपका स्वागत है।

राज : बहुत बहुत बधाई हो जीजी-जीजाजी नए बंगले की।

दीपा : भाभी, प्रीति ओर अभय क्यूँ नहीं आए ?

नेहा : भाभी (दीदी), उन दोनों के 12th की परीक्षा आने वाली है वो उसकी तैयारी कर रहे है अतः उनके पास बिल्कुल भी टाइम नहीं हैं।

दीपा : ऐसी भी क्या तैयारी कर रहे है कम से एक घंटे के लिए ही आ जाते, घर 10-15 किलो मीटर ही तो दूर है। मुझे ये बात बिल्कुल अच्छी नहीं लगी। ऐसी कौनसी परीक्षा है जो वो एक घंटे का टाइम भी नहीं निकाल सकते, परीक्षा तो होती रहती है मेरे बंगले का गृह प्रवेश तो आज है।

उसके बाद दीपा अपने भैय्या-भाभी से पूरा दिन नाराज रही ओर बस एक बात बार बार बोलती रही कि बच्चों को आना चाहिए था। दीपा के बच्चे अभी 3rd/4th मे ही पढ़ रहे थे।

6 वर्ष बाद प्रीति की शादी मे दीपा ओर अशोक आए तो नेहा ओर राज ने उनका बहुत स्वागत किया ओर बहुत खुश हुए।

नेहा : दीपा दीदी, पंकज ओर प्रदीप क्यू नहीं आए शादी मे ?

दीपा : अरे भाभी क्या बताऊ, अभी उनकी 9th/10th की परीक्षा होने वाली है तो उनके पास बिल्कुल टाइम नहीं है।

नेहा : दीदी, थोड़ी देर के लिए ही आ जाते।

दीपा : अरे भाभी, सवाल ही नहीं उठता कि वो आ जाते, उनके पास तो एक मिनट का भी बिल्कुल भी टाइम नहीं है। वो एक मिनट भी बिल्कुल व्यर्थ नहीं कर सकते है।

नेहा ने ये सुना तो उसे 6 वर्ष पहले की घटना याद आ गई कि कैसे भाभी (दीदी) उनके गृह प्रवेश के व्यक्त नाराज हो गई थी ओर बार बार कह रही थी कि बच्चे चाहे 1 घंटे के लिए ही आते उन्हे आना चाहिए था ओर अब जब उनके बच्चों की परीक्षा का टाइम आया तो कह रही है कि उसके बच्चों के पास तो एक मिनट का भी टाइम नहीं है।

वाह रे, दोहरी मानसिकता। अपने बच्चों की परीक्षा तो परीक्षा है ओर दूसरों के बच्चों की परीक्षा, परीक्षा नहीं है।

कहानी क्रमांक – दो

नौकर या परिवार का फर्ज

राज कुमार अपनी पत्नी अर्चना से हर वक्त बोलता रहता है कि देखो बड़े भाईसाहाब ओर भाभी को रात दिन अपने पोते पोती को ही रखते है ओर निशांत ओर रेखा (भाईसाहब का बेटा ओर बहु) तो नौकरी पे चले जाते है ओर बच्चों को दादा दादी के पास छोड़ जाते है। दादा दादी ही उन्हे स्नान कराते है, उन्हे रखते है। उन दोनों ने तो भाईसाहब भाभी को तो नौकर बना कर रखा हुआ है। जबकि भाईसाहब अभी पिछले वर्ष ही प्रोफेसर के पद से सेवा निव्रत हुए है ओर उन्हे बहुत कैश भी मिला है तथा अब पेंशन भी अच्छी खासी आ रही है फिर भाईसाहब ओर भाभी नौकरों की तरह क्यूँ रहते है। हमे उनसे बात करनी चाहिए।

फिर एक दिन राज कुमार ओर अर्चना भाईसाहब ओर भाभी के पास जाते है।

राजकुमार : भाईसाहब आपको सेवा निव्रत हुए एक वर्ष हो गया है ओर आप इस एक वर्ष मे ना तो घूमने गए हो ओर ना ही कभी किसी के घर आते जाते हो। इन पोता पोती मे ही सारा दिन निकाल देते हो। सही बात है निशांत ओर रेखा ने तो आप दोनों को नौकर बनाकर छोड़ रखा है। आपकी ऐसी भी क्या मजबूरी है जो आप ऐसे नौकर बनकर रहते हो ?

भाईसाहब : इसमे मजबूरी की क्या बात हुई। हम अपने पोता पोती को ही तो रखते है ओर इसमे रखने की भी क्या बात हुई, ये कहो कि हम लोग साथ साथ रहते है। रही नौकर वाली बात, तो मै

बताऊँ निशांत ओर रेखा ने 3-3 नौकर लगा रखे है। एक नौकर सबका सुबह नाश्ते से लेकर रात का खाना तक बनाने के लिए, एक नौकर पूरे घर की साफ सफाई के लिए ओर एक नौकर हम लोगों की सेवा के लिए लगा रखा है तो बताओ हम नौकर कहाँ हुए। दूसरी बात ये कि ये घर हम सब का है ओर इसे ना तो निशांत ओर रेखा कहते है कि घर उनका है ओर ना हम कहते है कि घर हमारा है।

इतना सुनने के बाद भी राजकुमार ओर अर्चना को समझ मे कुछ नहीं आता या वो समझना नहीं चाहते, वो तो भाईसाहब ओर भाभी को नौकर की उपाधि देकर आ जाते है।

कुछ समय बाद राजकुमार भी सरकारी सेवा से सेवा निव्रत हो जाता है। उसकी ओर उसकी पत्नी अर्चना की भी वो ही स्थिति होती है जो भाईसाहब ओर भाभी की है, उन्हे भी अब अपने पोता पोती को रखना पड़ता है क्यूंकि उनका बेटा ओर बहु भी नौकरी करते है।

फिर एक दिन भाईसाहब ओर भाभी उनके घर आते है तो वो ही बात दोहराते है जो उनके साथ राजकुमार ने की थी। अब फर्क इतना है कि राजकुमार ओर अर्चना अपने आप को नौकर नहीं मानते बल्कि दलील ये देते है कि हम अपने पोता पोती को ही तो रख रहे है किसी ओर के तो नहीं। इसलिए हम किसी भी हाल मे नौकर नहीं है बल्कि पोता पोती को रखना तो हमारा फर्ज है तभी तो संयुक्त परिवार होता है।

भाईसाहब ओर भाभी सोचते है वाह रे दुनिया, दूसरे लोग अपने पोता पोती को रखे तो वो नौकर ओर स्वयं खुद रखे तो वे नौकर नहीं बल्कि कहते है कि ये फर्ज है।

यही तो है लोगो की दोहरी मानसिकता।

कहानी क्रमांक – तीन

नायक या खलनायक

अमन, पंकज ओर नीरज (तीनों चचेरे भाई है) एक साथ अपनी नई बाइक से (जो पंकज ने 2 दिन पहले ही ली थी) 80-90 किलो मीटर की स्पीड से दौड़ाते हुए नैशनल हाइवै से अपने गाँव जा रहे है ओर तीनों ने हेलमेट भी नहीं लगा रखा है ओर ना तीनों के पास ड्राइविंग लाइसेंस है ओर ना तीनों ने अभी 18 वर्ष की आयु पूर्ण की है।

वो एक डेढ़ घंटे मे ही अपने गाँव पहुँच जाते है ओर बहुत खुश होते है। गाँव वाले ओर उनके दादा दादी बहुत खुश होते है। शाम को गाँव की चौपाल मे वो तीनों ओर गाँव वाले सब बैठे हुए है तो वो तीनों बोलते है कि आज हमने इतनी तेज बाइक चलाई ओर नैशनल हाइवै से बिना हेलमेट पहने हुए, बिना लाइसेंस के ओर बिना टोल चुकाये हम गाँव आ गए। तो गाँव वाले बहुत खुश होते है ओर उनकी हिम्मत की दाद देते है ओर कहते है कि आज तो तुम लोग नायक बन गए हो।

इतना सुनने के बाद दादाजी सबसे बोले :

दादाजी : अच्छा तो आज तुम तीनों ने ये कारनामा किया है। बहुत अच्छा, ना तुम्हारे पास लाइसेंस है, ना बाइक के पेपर्स है, ना तुम्हारी आयु अभी 18 वर्ष हुई है, ना तुमने हेलमेट लगाया हुआ था ओर ऊपर से बाइक को जरूरत से ज्यादा तेज चला रहे थे। तुमने कभी ये सोचा कि अगर पुलिस वाले या परिवहन विभाग वाले तुम्हें रास्ते मे रोककर चेक करते तो तुम क्या जवाब देते। तुम

कोई जवाब नहीं देते, सिर्फ उनके सामने हाथ जोड़कर गिड़गिड़ाते ओर उनके पैर पड़ते या किसी से उनको फोन करवाते या उन्हे पैसे का लालच देते इस तरह तुम भ्रष्टाचार को बढ़ावा देते। ऐसे होते तुम्हारे कारनामे ओर तुम सोच रहे हो कि तुमने बहुत अच्छा काम किया है, ओर तुम अपने आप को नायक मानते हो और साथ मे ये भी सोचते हो कि तुम्हारे इन कारनामों के कारण लोग तुम्हारी वाही वाही करे । ये सोचा तुमने कभी कि तुम्हारे मम्मी पापा ने तुम्हें बाइक दिलवायी है तुम्हारी सुविधा के लिए ना कि उससे तुम खेल खेलों ओर नियम /कानून तोड़ो। ओर सबसे बड़ी ओर अहम बात ये कि अगर तुम तीनों को या तुम तीनों मे से किसी एक को भी कुछ हो जाता तो सोचो सब लोग कितना परेशान होते, हमे कितना दुख होता, ओर तुमने कभी ये भी सोचा कि तुम्हारी छोटी सी लापरवाही हम सबको जिंदगी भर का कितना बड़ा दुख दे देती।

दादाजी आगे बोलते है कि तुम लोग रामजी काका को जानते हो ? तो वो तीनों बोलते है कि हाँ दादाजी, हम जानते है उनको, रामजी काका वो ही हैं ना जो गाँव मे पागल की तरह घूमते हैं। तब दादाजी बोले कि तुम्हें पता हैं कि वो पागल कैसे हुए ? तब वो तीनों बोलते हैं कि हमे नहीं पता। दादाजी उन्हे बताते हैं कि उनका भी एक बेटा था जिसका नाम राहुल था, उसे रामजी ने शहर मे कॉलेज की पढ़ाई करने भेजा था और उसे एक मोटर साइकिल भी दिलवाई थी। राहुल उसी मोटर साइकिल से ही गाँव आता था और वापस शहर जाता था, जो रामजी को पसंद नहीं था क्यूंकि राहुल मोटर साइकिल ऐसे चलाता था जैसे कोई स्टंट कर रहा हो, कभी दोनों हाथ छोड़ देता, कभी खड़ा हो जाता, और वो कभी भी लाल बत्ती पे तो रुकता ही नहीं था। तथा साथ ही 100 से ज्यादा की स्पीड से मोटर साइकिल चलाता था। रामजी ने उसे बहुत समझाया लेकिन उसने उनकी बातों पे बिल्कुल ध्यान नहीं

दिया। फिर एक दिन गाँव मे खबर आई कि राहुल का अक्सीडेंट (एक्सीडेंट) हो गया है और वो मर गया हैं। ये सुनते ही राहुल की माँ तो उसी वक्त बेहोश हो गई और रामजी एक दम गुमसुम हो गए, कुछ दिन बाद राहुल की माँ भी मर गई और इन सब सदमों से रामजी पागल हो गए। बाद मे गाँव मे ये खबर भी आई कि राहुल लाल बत्ती मे से मोटर साइकिल तेजी से निकाल रहा था तो दूसरी तरफ से आने वाली बस से उसकी टक्कर हो गई और वो उस बस के टायर के नीचे आ गया, उसने हेलमेट भी नहीं पहना हुआ था । राहुल की एक छोटी सी गलती ने एक अच्छे खासे परिवार को बर्बाद कर दिया। लेकिन फिर भी आज के नौजवानों मे यातायात के नियमों के उल्लंघन की होड लगी रहती हैं।

ये है आज के नौजवानों की मानसिकता।

तो अब तुम ही बताओ तुम लोग नायक हो या अपनी जिंदगी के साथ साथ दूसरों की ज़िंदगी के खलनायक हो।

ये सब सुनकर अमन, पंकज ओर नीरज कहते हैं कि दादाजी आज के बाद हम ऐसी कोई गलती नहीं करेंगे और यातायात के नियमों का पूरा पालन करेंगे और आप सही कह रहे हैं कि नायक या खलनायक बनना अपने ही हाथ मे होता हैं। हम नायक बनेंगे, खलनायक नहीं।

कहानी क्रमांक – चार :

बहू और बेटी

शिवानी आज बहुत खुश हो रही थी क्यूंकि आज उसके बड़े भैय्या अमन की शादी है। फेरों के बाद जब वो संजना भाभी को घर लेकर आई तब वो और भी ज्यादा खुश हुई । ससुराल मे पहली बार गृह प्रवेश के वक्त संजना की आरती उसकी सासु माँ कंचन ने उतारी। एक महीने तक घर के सारे लोग बहुत खुश थे। लेकिन इस एक महीने मे सासु माँ कंचन का आस पड़ोस की महिलयों से कुछ ज्यादा ही मेल मिलाप होने लगा क्यूंकि घर का सारा काम शिवानी ओर संजना मिलकर कर देते थे और माँ कंचन को कुछ करने नहीं देते थे। ये ही बात कंचन को अच्छी लगने लगी कि उसे अब कुछ काम नहीं करना पड़ता हैं, धीरे धीरे उसका आस पड़ोस की महिलायो से कुछ ज्यादा ही मेल मिलाप होने लगा ओर उसे अब ये भी बुरा लगने लगा कि संजना के साथ उसकी बेटी शिवानी को भी घर का काम करना पड़ता है। उसने सोच लिया कि अब वो शिवानी को घर का काम नहीं करने देगी ओर सारा काम वो बहु संजना से ही करवाएगी। अब तो रोजाना कंचन अपनी बेटी शिवानी को समझाती और कभी कभी तो डांट भी देती कि भाभी के होते हुए तुझे घर का कुछ भी काम नहीं करना हैं। शिवानी माँ को बोलती भी कि क्या हुआ अगर मैंने थोड़ा सा काम कर दिया तो। यह सुनकर कंचन नाराज हो जाती ओर शिवानी को फिर से डांट देती ओर कहती कि ये सारा काम करना एक बहु की जिम्मेदारी हैं। इस तरह कंचन ने घर का सारा काम बहु को दे दिया ओर अब संजना को सुबह 5 बजे उठना पड़ता है ओर रात 10 बजे तक उसे ही अकेले घर का सारा काम करना

पड़ता है, लेकिन संजना ने अपनी सास कंचन से कभी भी कटु शब्द नहीं कहे ओर ना कभी लड़ाई की क्यूंकि वो तो कंचन को अपनी माँ के बराबर मानती है लेकिन कंचन ने कभी भी शिवानी को बेटी की तरह नहीं माना बल्कि सिर्फ एक बहु माना।

कुछ समय बाद शिवानी की शादी हो गई ओर वो अपने ससुराल चली गई। शादी के एक-दो महीने तक तो शिवानी अपने मायके मे बहुत बार आई। लेकिन दो महीने बाद उसका आना कम हो गया तो कंचन को बड़ा अटपटा लगा। फिर एक दिन कंचन ने शिवानी से पूछ ही लिया कि तू आजकल मायके बहुत बहुत दिनों मे क्यूँ आती हैं। शिवानी ने बताया कि उसके ससुराल मे बहुत काम है वो तो अच्छा है कि मेरी ननद ओर सासू माँ काम मे मेरा बहुत साथ देती है वरना मुझ अकेले से तो इतना काम ही नहीं हो पाए। यह सुनकर कंचन को बहुत गुस्सा आता है ओर वो शिवानी की ननद ओर सासू के लिए बहुत बुरा भला कहती हैं और शिवानी को भी बोलती है कि तुझे ससुराल मे इतना काम नहीं करना चाहिए, जब तेरे घर मे तेरी ननद ओर सासू है काम करने लायक तो तू काम करना बंद कर दे ओर घर का सारा काम उन्हे ही करने दे आखिर तू उस घर की बहू बेटी हैं कोई नौकरानी नहीं। उन्हे तो तुझे बेटी मानकर उसी तरह का व्यवहार करना चाहिए क्यूंकि अब तू उस घर की बेटी है। कंचन रोजाना कम-से-कम 3-4 बार शिवानी को फोन करती हैं और उससे संजना की बुराई करती रहती हैं। संजना की मम्मी का दिन मे एक बार ही फोन आता है और वो भी सिर्फ सबकी तबीयत के बारे मे पूछ कर 2-3 मिनट मे ही फोन रख देती हैं, तब भी कंचन को ये अच्छा नहीं लगता कि संजना की मम्मी रोज रोज फोन करें। एक दिन कंचन ने संजना से कहा कि तुम्हारी मम्मी के पास कुछ काम नहीं हैं क्या जो वो तुम्हें रोजाना ही फोन करती हैं। संजना मन ही मन सोचती हैं कि खुद तो शिवानी को दिन मे 3-4 बार फोन करती है

और मेरी मम्मी एक बार ही करती हैं वो भी इन्हे अच्छा नहीं लगता।

एक दिन शिवानी 2-3 दिनों के लिए अपने पीहर आती हैं। रात को सब लोग खाना खा रहे थे तो कंचन कहती है कि शिवानी की हालत तो उसकी सासू ने ससुराल मे एक नौकरानी की तरह कर रखी है ओर उससे घर का सारा काम करवाती है ओर इसके साथ ही वो शिवानी की सास, ससुर, ननद ओर शिवानी के पति की भी बुराइयाँ करना शुरू कर देती है ओर कहती है कि देखो मेरी बेटी को ससुराल मे कितना काम करना पड़ता है। कंचन बहुत दुखी होती है। तब शिवानी कहती है कि जैसे संजना भाभी इस घर की बहू हैं उसी तरह मैं भी उस घर की बहू हूँ। कंचन कहती है कि मैं कुछ नहीं जानती, मैं सिर्फ ये जानती हूँ कि तेरे ससुराल वाले तुझे एक बेटी की तरह ही रखे ना कि बहू की तरह। कंचन ये नहीं सोचती कि संजना की माँ को भी कितना दुख होता होगा।

तब संजना सोचती है कि उसकी सासू माँ यानि कंचन ने तो उसे आज तक बेटी नहीं माना और अभी तक उसे बहू ही मानती हैं।

वाह रे दुनिया, सब लोग यहीं सोचते हैं कि अगर खुद की बेटी शादी होकर ससुराल मे जाए तो उसे बहू ना मानकर उसके ससुराल के लोग उसे बेटी ही माने लेकिन वे लोग इसे स्वयं पर लागू नहीं करते ओर अगर उनके घर बहू आती है तो वे लोग उसे बहू ही मानते है, बेटी नहीं।

यही तो है लोगो की दोहरी मानसिकता बेटी के लिए अलग और बहू के लिए अलग।

कहानी क्रमांक – पाँच

सुविधा या अधिकार

राजेश ओर मुकेश पड़ोसी है। उन दोनों मे उम्र का अंतर तो लगभग 15 वर्ष का है, मुकेश 15 वर्ष बड़ा है, लेकिन दोनों मे बहुत अच्छी दोस्ती है। दोनों की प्लॉट की साइज़ 200 वर्ग गज है लेकिन राजेश ने वन बेड रूम सेट बनाया हुआ है ओर मुकेश ने थ्री बेड रूम सेट बनाया हुआ है। राजेश के पास एक चार पहिया गाड़ी है ओर एक दो पहिया स्कूटर है जब कि मुकेश के पास दो चार पहिया गाड़ी है ओर एक दो पहिया स्कूटर है। मुकेश के घर मे वाहन खड़े करने के लिए जगह कम है इसलिए राजेश ने उसे सुविधा दे रखी है कि वो एक चार पहिया वाहन उसके घर मे खड़ा कर सके। यह सुविधा राजेश ने मुकेश को पिछले 4 वर्षों से दे रखी हैं। मुकेश ने एक दो पहिया स्कूटर ओर खरीद लिया, अब मुकेश ने राजेश से बिना पूछे ही चार पहिया वाहन के साथ साथ एक स्कूटर भी राजेश के घर पे ही खड़ा करने लगा। राजेश को अब आने जाने मे कुछ असुविधा होने लगी फिर भी वो दोस्ती ओर पड़ोसी का लिहाज करते हुए मुकेश से कुछ भी नहीं बोला ।

राजेश के बच्चे बड़े होने लगे तो राजेश ने एक चार पहिया वाहन ओर खरीद लिया तो उसे खड़ा करने की समस्या होने लगी तो राजेश ने एक दिन मुकेश से बोला कि तुम अब तुम्हारा चार पहिया वाहन मेरे घर मे मत खड़ा करो क्यूंकि अब मुझे अपना एक चार पहिया वाहन खड़ा करने मे समस्या होती हैं तथा साथ ही आने जाने मे असुविधा भी होती हैं तो मुकेश बोला कि तुम अपना एक चार पहिया वाहन अपने घर के बाहर खड़ा कर दो। मै अब तुम्हारे घर से मेरा एक एक चार पहिया वाहन बाहर निकाल कर

कहाँ खड़ा करूंगा। बहुत कहने के बाद भी मुकेश ने अपना वाहन राजेश के घर से नहीं निकाला तब राजेश अपना चार पहिया वाहन मुकेश के घर के बाहर खड़ा करने लगा तो जब कभी मुकेश के घर कोई मेहमान आता तो उन्हे अपना वाहन खड़ा करने की समस्या होने लगी तो एक दिन मुकेश ने राजेश से कहा कि तुम अपना वाहन मेरे घर के बाहर मत खड़ा किया करो क्यूंकि मेरे मेहमानों को समस्या होती हैं। तो राजेश ने भी कहा कि तुम अपना चार पहिया वाहन मेरे घर से हटा लो तो फिर मै मेरा वाहन अपने घर मे ही खड़ा कर सकूँगा। लेकिन मुकेश ने अपना वाहन राजेश के घर से नहीं हटाया। राजेश को अपना चार पहिया वाहन खड़ा करने मे बहुत समस्या होने लगी क्यूंकि उसके घर मे तो मुकेश अपना चार पहिया वाहन ओर स्कूटर खड़ा करता है ओर खुद के घर के बाहर राजेश को गाड़ी खड़ी नहीं करने देता।

आखिर एक दिन राजेश ने मुकेश को बोल ही दिया कि तुम कल से मेरे घर पर अपनी गाड़ी ओर स्कूटर खड़ा मत करना तो मुकेश बोला कि मै इतने सालों से अपने वाहन खड़े कर रहा हूँ तुम मुझे ऐसे मना नहीं कर सकते ये तो यही खड़े होंगे क्यूंकि तुम्हें तो पता है मेरे घर मे जगह नहीं है। आखिर मे राजेश को गुस्सा होकेर मुकेश को मना करना ही पड़ा ओर वो मुकेश को अब अपने घर कोई भी वाहन खड़ा नहीं करने देता। इस बात से मुकेश बहुत नाराज हुआ ओर उसने राजेश से अपनी दोस्ती खत्म कर ली तथा साथ ही सब जगह राजेश की बुराई भी करने लगा।

राजेश ने सोचा कि क्या जमाना आ गया कि किसी को कोई सुविधा दो तो वो उसे अपना अधिकार समझ लेता हैं।

विषय -

कहानी क्रमांक – छः

पैसा – (मेरा पैसा-पैसा / दूसरे का पैसा-पानी)

करण की ईकलोती बेटी रेनू का आने वाले रविवार को रोका है, जिसकी तैयारी बड़े जोर शोर से हो रही है। करण वैसे तो इतना अमीर नहीं हैं लेकिन अपनी बेटी का रोका ओर उसकी शादी वो अच्छी तरह करना चाहता है इसलिए वो हर काम सोच समझ कर और अच्छी तरह कर रहा हैं। और पैसे को फालतू भी खर्च नहीं कर रहा हैं।

रविवार से एक दिन पहले यानि शनिवार को सुबह सुबह रवि आ जाता है (रवि उसी कालोनी मे रहता हैं जहां कारण रहता हैं)। रवि को सारे कालोनी वाले अच्छी इज्जत देते हैं क्यूंकि वो सबसे मीठा बोलता हैं। रवि आकर करण से सारी तैयारिओ के बारे मे पूछता है। करण ने उसे सारी तैयारिओ के बारे मे बता दिया। सब तरह से सब कुछ सही हो रहा था तो भी रवि को लगा कि किसी तरह कुछ कमियाँ निकाल कर करण का पैसा ज्यादा खर्च करवाया जाए। इस तरह रवि कुछ कमियाँ निकाल देता हैं ओर करण से कुछ पैसा सजावट मे, कुछ पैसा मिठाइयों मे, कुछ पैसा फालतू वस्तुओं मे खर्च करवा देता हैं ओर मेहमानों की संख्या भी बढ़वा देता हैं। इन सब कार्यों मे करण का बहुत पैसा अतिरिक्त खर्च हो जाता हैं जिसकी आवश्यकता नहीं थी। इसी तरह जब रेनू की शादी होती हैं तब भी रवि बहुत फिजूल खर्ची करण से करवा देता हैं और कहता हैं कि जब तुम शादी मे 15-20 लाख खर्च कर रहे

हो तो अगर 1-2 लाख ज्यादा भी हो जाए तो क्या फर्क पड़ता हैं। तुम सोचो कि बेटी की शादी हैं और सब अगर तुम्हारी तारीफ करेंगे तो कितना अच्छा रहेगा और साथ ही सब लोग इस शादी को भी याद रखेंगे। इस तरह करण को कई लोगों के पैसे उधार रखने पड़ते हैं और वह कर्ज मे डूब जाता हैं।

रवि का तो काम ही यही था कि लोगों को कर्ज मे डूबा दिया जाए तो वो उसके सामने उसकी हैसियत की बराबरी नहीं कर सके। इसी तरह रवि ने कालोनी मे रहने वाले अधिकतर लोगों को कर्ज मे डुबो दिया। लेकिन कोई भी रवि की चालाकी को कभी समझ नहीं पाया। बल्कि कालोनी वाले तो ये सोचने लग गए कि रवि ने उनके बच्चों की शादी मे इतनी अच्छी तरह से सारे कार्य करवाए हैं तो अपनी बेटी की शादी कितने धूम-धाम से करेगा।

कुछ समय बाद रवि की बेटी की भी शादी फिक्स हो जाती हैं तो रवि सोचता है कि क्या किया जाए ऐसा कि कालोनी वालों को शादी मे ना बुलाना पड़े ओर साथ ही कम से कम मेहमानों को बुलाना पड़े तो खर्च भी कम करना पड़ेगा। उधर कालोनी वाले सोचते है कि रवि तो शादी बहुत अच्छी करेगा सबको मज़ा आएगा और इधर रवि ने एक प्लान बना लिया कि किस तरह कालोनी वालों ओर दूसरे लोगों को शादी मे ना बुलाया जाए।

रवि अपनी बेटी की शादी के पाँच दिन पहले आधा-आधा किलो लड्डू के पैकेट बनवा कर कालोनी मे ओर अपने दूसरे रिश्तेदारों के यहाँ जाकर शादी का कार्ड ओर मिठाई का डिब्बा देते हुए सभी से बड़े मायूस होकर कहता है कि क्या करू मेरी तो बहुत इच्छा थी आप लोगों को शादी मे बुलाने की लेकिन लड़के वालों ने कहा कि हमे उनके शहर जाकर ही शादी करनी है और मेहमान भी 50-60 से ज्यादा नहीं ले जा सकते है। अब क्या करू मै, किसे ले जाऊँ ओर किसे ना ले जाऊँ, समझ ही नहीं आता हैं तो सब कहते है कि

अरे कोई बात नहीं, तुम तो जो परिवार वाले हैं उन्हे ही ले जाओ। कालोनी वाले और दूसरे रिश्तेदार रवि को कन्या दान का लिफाफा भी देते है। इस तरह रवि अपनी बेटी की शादी मे बहुत से पैसे बचा लेता हैं। ओर उधर वो लड़के वालों को राजी कर लेता हैं कि वो बारात ना लाए हम आपके शहर आकर ही शादी करेंगे और उनसे रहने खाने का इंतजाम भी करवा लेता है। इस तरह रवि बड़ी चालाकी से अपने बहुत सारे पैसे बचा लेता है और थोड़े ही पैसों मे बेटी की शादी कर देता हैं और कोई भी उसकी चालाकी नहीं समझ नहीं पाता हैं कि जो दूसरे लोगों के बेटे-बेटियों की शादी मे तो जरूरत से ज्यादा पैसे खर्च करवा देता है ओर जब खुद की बेटी की शादी होती है तो सारे पैसे बचा लेता है।

रवि अपनी बेटी की शादी करके वापस आता हैं तो बहुत ही खुश होता हैं।, रवि की बीबी रेखा उससे कहती है कि आपने तो बड़ी चालाकी ओर होशियारी से अपने सारे पैसे बचा लिए और साथ मे सब लोगों को बेवकूफ भी बना दिया, सबकी शादियों मे तो आपने सबके ज्यादा पैसे खर्च करवा दिए ओर उन्हे कर्ज मे डुबो दिया ओर यहाँ आपने सारे पैसे बचा लिए।

ये सारी बाते करण सुन लेता है और उसे बहुत बुरा लगता है वो सोचता है कि **ये तो वही हुआ कि मेरा पैसा तो पैसा हैं ओर दूसरों का पैसा पानी है।** इसलिए अब उसने सोच लिया कि सुनो सबकी, राय सबकी लो लेकिन कार्य वो करो जिससे आगे कभी मुश्किल ना हो और कर्ज लेकर तो कभी कोई फिजूल खर्ची करो ही मत तथा साथ ही किसी के बहकावे मे आकर तो कोई कार्य करना ही नहीं चाहिए, अब जैसे मुझे ये ही टेंशन रहती है कि कर्ज चुकाना है और अगर मै उस वक्त रवि के बहकावे मे आकर फिजूल खर्ची नहीं करता तो मेरे ऊपर कोई कर्ज नहीं होता। वो ये भी सोचता हैं कि आजकल लोग दूसरों को बेवकूफ ज्यादा बनाते है ओर अपने आप को ज्यादा होशियार समझते हैं। **अब**

जैसे रवि की सोच ही देखो, दूसरों के लिए तो कुछ और है ओर स्वयं के लिए कुछ और है।

कहानी क्रमांक – सात

गलती किसकी ? (पति, पत्नी या दोनों की)

पूनम बड़े गुस्से मे दोड़ती हुई बेड रूम मे आई ओर जोर जोर से रोने लगी, जब उसके पति अविनाश ने पूछा कि क्या हुआ ? तो भी पूनम गुस्से मे रही लेकिन बोली कुछ भी नहीं। अविनाश बार-बार पूनम से पूछता रहा कि क्या हुआ ? लेकिन पूनम कुछ भी बताने को तैयार नहीं थी क्यूंकि वो अविनाश की कमजोरी जानती थी, इसलिए चुप थी। जब बहुत बार पूछने पर भी पूनम ने कुछ नहीं बताया तो आखिर अविनाश उसके सामने हाथ जोड़कर खड़ा हो गया और बड़े ही विनम्र शब्दों मे पूनम से बोला कि डार्लिंग, बताओ तुम्हें किसी ने कुछ कहा है भैय्या-भाभी, मम्मी-पापा, सोनम (अविनाश की छोटी बहन) या अखिलेश (अविनाश का छोटा भाई)। तुम मुझे बताओ कि क्या हुआ, मै अभी सब से जाकर लड़ता हूँ। तब पूनम बोली कि अविनाश तुम तो जानते ही हो कि मै सुबह 6 बजे उठ जाती हूँ ओर घर का सारा काम करती हूँ, तुम्हारे लिए बेड टी लेकर आती हूँ, तब तुम्हें जगाती हूँ, फिर जब तुम ऑफिस के लिए तैयार होते हो तब मै तुम्हारे लिए नाश्ता भी लेकर आती हूँ। फिर भी तुम्हारे माँ-बाप और भैय्या-भाभी मुझे ताने देते रहते हैं कि मै कुछ नहीं करती हूँ ओर दिन भर आराम करती हूँ, जबकि तुम्हें ये भी पता हैं कि तुम जब ऑफिस से आते हो तब भी मै रसोई मे ही होती हूँ वो तो तुम्हारे आने के बाद मै रसोई से आती हूँ ओर रात का खाना भी तो मै ही लगाती हूँ डाइनिंग टेबल पर, इतना सब कुछ करने के बाद भी सोनम ओर

अखिलेश की फर्माइश ही पूरी नहीं होती, दिन भर कहते रहते है कि भाभी ये बनाओ, वो बनाओ, अब तुम ही बताओ मै क्या क्या करू, मै बहुत थक जाती हूँ दिन भर काम कर कर के। अब मै इस घर मे नहीं रह सकती हूँ। तब अविनाश बोला कि हाँ मै सब जानता हूँ कि तुम घर का बहुत काम करती हो। मै जब भी ऑफिस से आता हूँ तुम रसोई मे ही मिलती हो ।

थोड़ी देर बाद पूनम बोली कि अविनाश कल मेरे भाई सौरभ का जन्म दिन है ओर मै चाहती हूँ कि उसे अपन एक एक्टिवा गिफ्ट मे दे, देखो ना उसे कॉलेज जाने मे कितनी परेशानी होती हैं। तब अविनाश बोला कि तुम्हें पता है वो कितने की आती है, वो कम से कम साठ हजार की आएगी। इतना पैसा मै कहाँ से दूंगा। तब पूनम बोली कि ऐसा करो ना कि हम एक्टिवा किश्तों मे ले लेते है तो अभी तो हमे 10-15 हजार ही देने पड़ेंगे, फिर 3-4 हजार की हर महीने किश्त देते रहेंगे। अविनाश ने कोई जवाब नहीं दिया तो पूनम को बहुत गुस्सा आया ओर वो अविनाश से लड़ने लगी, अंत मे अविनाश को पूनम की बात माननी ही पड़ी।

इसके पश्चात तो पूनम का अपने मायके की तरफ का कोई भी काम होता तो वो ऐसे ही गुस्सा होकर अविनाश से वो पूरा करवा लेती। अब तो पूनम ने एक लेडिज किटी पार्टी भी बना ली जिसमे उसने अपनी सहेलियों को ओर अपने मायके की लेडिज को ही सम्मिलित किया ओर अपने ससुराल की किसी भी लेडिज को उसमे सम्मिलित नहीं किया।

कुछ समय पश्चात तो पूनम की आदत ये हो गई कि अविनाश के ऑफिस जाते ही वो या तो मायके चली जाती, या किटी पार्टी मे चली जाती। लेकिन अविनाश के ऑफिस से आने से पहले वापस घर आ जाती, इसलिए अविनाश को कुछ पता ही नहीं चला कि पूनम किटी पार्टी मे जाती है।

जब कभी घर का कोई भी सदस्य अविनाश को कहता कि आज पूनम किटी पार्टी मे गई थी ओर घर पे नहीं थी तब भी अविनाश किसी के ऊपर विश्वास नहीं करता क्यूंकि उसे तो ये पता था ना कि वो जब ऑफिस जाता है ओर जब ऑफिस से आता हैं, तब दोनों ही वक्त पूनम उसे घर पे ही मिलती थी। अविनाश ने कभी पूनम से इस बारे मे नहीं पूछा क्यूंकि उसे डर था कि कहीं पूनम गुस्सा हो गई ओर नाराज हो गई तो उसका क्या होगा ? अब तो पूनम अपने भाई और बहन पर खूब पैसे खर्च करने लग गई, आए दिन उन्हे किसी होटल मे खाना खिलाना, फिल्म दिखाना, उपहार देना ये सब करने लगी। पूनम ने अपने मायके मे दो कमरे भी बनवाना चालू कर दिया अपने भाई-बहन के लिए। जब खर्च ज्यादा होने लगा तो एक दिन अविनाश ने पूनम से पूछा कि इतना पैसे कहाँ खर्च करती हो तो उसने बताया कि उसके भाई-बहन की जरूरतें पूरी करनी पड़ती हैं क्यूंकि मम्मी-पापा के पास इतने पैसे नहीं है और वो दोनों कॉलेज मे पढ़ते हैं। इतना बोलकर पूनम गुस्सा हो गई तो अविनाश ने फिर उसे कुछ भी नहीं कहा। इसका नतीजा ये हुआ कि अविनाश अब अपने माँ-बाप को बिल्कुल ही पैसे नहीं दे पाता ओर ना उनकी कोई सहायता कर पाता। अविनाश के भाई-बहन पर अगर कभी कोई खर्चे की बात होती तो पूनम ना तो खुद करती और ना अविनाश को करने देती। और अविनाश भी उसके गुस्से ओर धमकियों से डर कर कुछ भी नहीं बोलता ओर उसकी हाँ मिलाता रहता। अब तो अविनाश भी अपने भाई-बहन, भईया-भाभी ओर माँ-बाप से लड़ने भी लगा।

थोड़े समय बाद पूनम के जोर देने पर अविनाश ने किश्तों मे एक 3 बी एच के का फ्लैट ले लिया ओर माँ-बाप को छोड़कर वो उस फ्लैट मे रहने लगा। पूनम ने उस फ्लैट की सजावट पर और फर्निचर पर भी बहुत सारा पैसा खर्च कर दिया। अब तो अविनाश की ये हालत हो गई कि उसे' किश्त चुकाने के लिए वो लोगों से

पैसे उधार भी लेने लगा ओर ऑफिस टाइम के बाद अतिरिक्त कार्य भी करने लगा, जिससे वो अब चिंतित भी रहने लगा। फिर भी अविनाश कभी भी अपने माँ-बाप, भैया-भाभी ओर छोटे बहन-भाई से भी नहीं मिलता।

कुछ वर्षों बाद तो अविनाश की ये हालत हो गई कि उसके चारों तरफ लेनदार ही लेनदार हो गए ओर वो बहुत परेशान रहने लगा फिर भी पूनम के रहन-सहन के तौर-तरीकों मे कोई बदलाव नहीं आया। आखिर एक दिन वो परेशान होकर अपने पिताजी से मिलने गया, लेकिन संकोचवश वह कुछ नहीं बोल पाया। उसके पिता अटल जी ने ये महसूस कर लिया कि अविनाश परेशान है लेकिन वो संकोचवश कुछ बोल नहीं पा रहा है। अटल जी ने भी उस वक्त उससे कुछ नहीं पूछा।

कुछ दिनों बाद अटल जी स्वयं ही अविनाश के ऑफिस गए ओर उससे कहा कि तुम अभी मेरे साथ चलो तुमसे कुछ काम है। फिर वो अविनाश को एक रेस्टोरेंट मे ले गए और उससे पूछा कि बेटे अब बताओ तुम इतना परेशान क्यूँ हो और मैंने तो ये भी सुना हैं कि तुमने बहुत से लोगों से पैसे उधार ले रखे हैं। तब पहले तो अविनाश कुछ भी बताने से आना-कानी करने लगा, लेकिन अटल जी के जोर देने पर उसने सब कुछ बता दिया। तब अटल जी बोले कि बेटे तुम ही बताओ तुमने पूनम की हर जिद को बिना सोचे समझे पूरा किया, कभी उसे सही-गलत की बात भी बताई, तुम्हें तो ऐसा लगता था कि तुम्हारी पूनम ही बिल्कुल सही कहती है कभी तुमने ये भी सोचा कि वो स्वयं के भाई-बहन पे कितना पैसा खर्च करती है और तुम्हारे भाई-बहन से तो वो बात तक नहीं करती है। वैसे बेटे इसमे तुम्हारी कोई गलती नहीं है आजकल मध्यम वर्गीय परिवारों का माहौल ही ऐसा है कि जिस भी लड़की की शादी होती है तो वो अपने मायके वालों को ही सपोर्ट करती है और मायके के रिश्तेदारों के साथ ही वो किटी पार्टी करती हैं और

घूमने भी उन्ही लोगों के साथ घूमने जाती हैं ओर ससुराल मे वो एडजेस्ट नहीं करती है, इसमे उसके पति का भी दोष होता है कि वो अपनी पत्नी को उस वक्त बिल्कुल नहीं समझाता है बल्कि उसकी गुलामी करता हैं ओर पता नहीं तुम उसके किस बात से डरते हो, अंत मे नतीजा ये होता हैं कि जो संयुक्त परिवार होते है वो टूट जाते हैं, बिखर जाते हैं। अगर तुम शुरू से ही तुम दोनों आपस मे एडजेस्ट करके चलते तो ये नौबत नहीं आती।

तब रवि अटल जी कहता हैं कि जब मैंने पूनम से शादी की थी तब ही पूनम ने मुझे बोल दिया था कि वो इस घर मे नहीं रहेगी ओर अगर मैं उसे रोकूँगा या टोकूँगा तो वो आत्महत्या कर लेगी ओर दहेज का केस लगा देगी, इसलिए मैं कभी उसे कुछ भी नहीं बोल पाया।

पूरी बात सुनने के बाद अटल जी बोले कि जब तुम्हें पूनम ने ये सब बोला, तब उस वक्त तो ठीक था कि तुमने कुछ नहीं बोला लेकिन उसके कुछ दिनों के बाद ही तुम्हें उसे समझाना चाहिए था ओर पूनम को भी सब घर वालों का व्यवहार देखकर ही उसे बदल जाना चाहिए था, लेकिन तुमने हर बार उसकी हर गलती को नजर अंदाज किया, जिसका नतीजा तुम देख ही रहे हो।

अब तुम ही सोचो इसमे गलती किसकि हैं- तुम्हारी या पूनम की। वैसे ये कहानी तो आजकल घर घर की कहानी हैं।

कहानी क्रमांक– आठ :

मैं : अहम (घमंड) और वहम

आज फिर शालिनी तेजी से कमरे मे आई और अपने पति सुरेश से बोली कि अरे अरे ये सब्जी कैसे काट रहे हो, चाकू ऐसे नहीं-ऐसे पकड़ते हैं। सुरेश ने फिर आज सब्जी काटना बीच मे ही छोड़ दिया और गुस्से मे बड़बड़ाता हुआ दूसरे कमरे मे चला गया। सुरेश सोचने लग गया कि ये शालिनी को पता नहीं पिछले 3-4 सालों से क्या हो गया हैं जो हर काम मे टोका –टाकी करती रहती है और ये ही समझती हैं कि सब कुछ वो ही जानती हैं और जैसे मैं तो कुछ भी नहीं जानता । उसे पहले की बाते याद आने लगी।

सुरेश एक निम्न मध्यम परिवार से था ओर शालिनी कुछ उच्च मध्यम परिवार से थी लेकिन सुरेश की सरकारी नौकरी अच्छी थी ओर वो उच्च पद पर था। जब सुरेश की शादी शालिनी से हुई थी तो दोनों बहुत खुश थे और शालिनी ने कुछ ही समय मे ससुराल मे सबका प्यार ओर दुलार पा लिया था। उसे किसी से कोई शिकायत नहीं थी बल्कि उसने तो वो सब चीजे भी खाना शुरू कर दिया था जो कभी उसने शादी से पहले नहीं खाई थी और उनसे घृणा करती थी। कभी कभार ही सुरेश और शालिनी मे कोई छोटी मोती तकरार होती थी तो वो भी जल्दी ही समाप्त हो जाती थी। दोनों को फिल्म देखने का बहुत शौक था तो वो बहुत फिल्मे भी देखने जाते थे।

चूंकि सुरेश सरकारी कर्मचारी था और उसका तबादला हर 2 से 5 साल मे एक शहर से दूसरे शहर मे होता रहता था, तो सुरेश शालिनी को साथ ही रखता था। और वो एक शहर से दूसरे शहर

शिफ्ट होते रहते थे, इसी बीच उनके 2 बच्चे भी हो गए। इस तरह साथ रहते रहते कैसे 10 वर्ष बीत गए पता ही नहीं चला।

फिर जब सुरेश का तबादला ऐसी जगह हुआ जहां वो शालिनी ओर बच्चों को नहीं ले जा सकता था क्यूंकि वहाँ सुरेश को केवल एक साल ही रहना था, तो उसने शालिनी ओर बच्चों को अपने गृह नगर मे भेज दिया जहां उसने अपना एक मकान बना लिया था। और वो स्वयं नौकरी के लिए चला गया। सुरेश हर 15-20 दिन मे आता ओर कभी 7-8 दिन तो कभी 3-4 दिन अपने बीबी बच्चों के पास रुक कर वापस चला जाता। किस तरह 6 माह गुजर गए पता ही नहीं चला। लेकिन अब जब वो घर आता तो शालिनी को एक ही शिकायत होती कि ऑफिस से अवकाश लेकर घर पे ही रहो ओर अपना तबादला वापस करा लो। सुरेश ने शालिनी को समझाया कि तुम्हें तो पता ही है कि मेरे ऑफिस के काम ही ऐसे हैं कि मै अधिक अवकाश नहीं ले सकता, बस तभी से शालिनी थोड़ी चिड़चिड़ी होने लगी। किस तरह एक वर्ष बिट गया पता ही नहीं चला। फिर सुरेश का तबादला दूसरे शहर मे हो गया तब शालिनी और बच्चे उसके साथ नहीं गए क्यूंकि बच्चों का स्कूल मे एडमिशन हो गया था ओर शालिनी भी वहाँ एडजेस्ट हो गई थी, इस कारण सुरेश को फिर अकेला ही रहना पड़ा और वो हर शुक्रवार को घर आ जाता ओर सोमवार को सुबह वापस चला जाता। लेकिन हर बार इन दो दिनों मे उसे शालिनी के व्यवहार मे बदलाव नजर आता, वो चिड़चिड़ी ज्यादा होती गई और बात बात पे गुस्सा होने लगती। और अब तो सुरेश जो भी काम करता, वो उसमे कमी जरूर निकालती और उसे बार बार टोकती कि इसे ऐसा मत करो, वैसा करो। जैसे – सुरेश कपड़े धो रहा है तो शालिनी जरूर टोकती कि कपड़ों पे ऐसे साबुन लगाओ पहले कपड़ा उलटा करो फिर सीधा करो, साबुन को ऐसे रखो – वैसे रखो, पेस्ट करे तो बोलती कि ब्रश ऐसे पकड़ो, इससे दांत जल्दी

साफ होते हैं। जबकि सुरेश शादी से पहले भी नौकरी के साथ साथ घर पे बहुत काम करता था क्यूंकि उसकी माँ अक्सर बीमार रहती थी। सुरेश को झाड़ू लगाने से लेकर खाना पकाना, कपड़े धोना, बर्तन धोना सब काम करता था।

जैसे जैसे वक्त बीतता गया वैसे वैसे शालिनी और भी ज्यादा सुरेश से लड़ने लगी, सुरेश का कई बार मन हुआ कि वो आत्महत्या कर ले लेकिन वो हर बार सोचता कि बच्चों की शादी हो जाए। कुछ समय बाद बच्चों की शादी हो गई। बेटी अपने ससुराल चली गई और बेटा अपनी पत्नी को लेकर दूसरे बड़े शहर चला गया जहां वो नौकरी करता था। अब घर मे सिर्फ शालिनी ओर सुरेश ही रह गए तो भी शालिनी के व्यवहार मे कोई फर्क नहीं आया बल्कि और भी ज्यादा टोका टाकी होने लगी। शालिनी को एक ही बात का गरुर था कि वो ही सब कुछ जानती है और दूसरा कुछ नहीं जानता इसलिए अगर वो टोका टाकी नहीं करेगी तो दूसरा कोई काम नहीं कर पाएगा।

कुछ सालों बाद सुरेश नौकरी से सेवानिव्रत हो गया। उसे बहुत सा पैसा मिला तब भी शालिनी ने ये कहा कि इस पैसे को मेरे कहे अनुसार ही इन्वेस्ट करना तब सुरेश ने उसके कहे अनुसार ही इनवेस्टमेंट किया फिर भी शालिनी के व्यवहार मे कोई फर्क नहीं आया बल्कि अब तो हालात ये हो गए कि जब शालिनी कहे उठो-तो उठो, बैठो तो बैठो, ये खाओ - ये मत खाओ, अभी सो जाओ-अभी जाग जाओ, अभी बाजार मत जाओ-अभी बाजार जाओ-बाजार मे इतनी देर क्यूँ लगा दी, ऐसी ही रोजाना बात होने लगी और शालिनी को अपने आप पर इतना अहम हो गया कि उसे लगने लगा कि उसके बिना कुछ नहीं हो सकता और अब तो वह जो कुछ भी वस्तु उसके हाथ मे होती उसे ही वह सुरेश के ऊपर फेंककर मारती तथा अब तो शालिनी सुरेश को पागल तक बोलने लगी और ये भी कहने लगी कि तुमने ज़िंदगी मे कुछ नहीं किया।

अब तो सुरेश की ज़िंदगी बदतर हो गई उसने पहले भी शालिनी को बहुत समझाया था और अभी भी समझाता हैं कि देखो अपनी कितनी ही पीढ़ियाँ निकल गई ओर ना जाने अपने से आगे कितनी पीढ़ियाँ निकल जाएगी, लेकिन क्या आज तक किसी के बिना कोई काम रुका हैं या किसी की ज़िंदगी रुकी हैं। और सुनो काम तो सब लोगों को आता हैं बस फर्क इतना होता हैं कि सबका काम करने का तरीका अलग अलग होता हैं और बस इसी गलत फहमी मे एक सोचता हैं कि सारे काम तो मैं ही जानता हूँ और वो भी सही तरीके से, ये ही गलत फहमी तुमको हैं। लेकिन शालिनी को कोई फर्क नहीं पड़ा। फिर भी अभी तक दोनों साथ रह रहे हैं, जो जिंदगी बहुत खुशहाल होनी चाहिए थी वो शालिनी के अहम की वजह से एक बेजान सी जी जा रही है और इसका परिणाम ये हुआ कि सुरेश को ज़िंदगी की जगह मौत को गले लगाना पड़ा ।

तो एक खुशहाल ज़िंदगी को शालिनी ने अपने अहम ओर वहम के कारण खत्म कर दिया अब आप ही सोचो ये उसका अहम था या उसका वहम।

कहानी क्रमांक - नवम :

दहेज (पैसा / प्यार – परिवार)

निर्मल और विमल दोनों ही बचपन से दोस्त हैं और एक ही ऑफिस मे काम करते हैं। उस ऑफिस मे और पूरे समाज मे उन दोनों की दोस्ती की मिसाल दी जाती हैं। उन दोनों के ही एक-एक बेटा और एक-एक बेटी हैं। दोनों अच्छी पोस्ट पे हैं और दोनों के पास पैसे की भी कमी नहीं हैं। निर्मल का बेटा राहुल मेडिकल की पढ़ाई कर रहा हैं क्यूंकि वो डॉक्टर बनना चाहता हैं और निर्मल की बेटी आँचल सी ए की तैयारी कर रही हैं। विमल का बेटा अमन और बेटी पूजा दोनों ही इंजिनीयर हैं और ये उनका इंजीनियरिंग का अंतिम वर्ष हैं लेकिन दोनों का ही एक मल्टी नैशनल कंपनी मे कॉलेज प्लैस्मन्ट मे ही जॉब लग गया। अतः निर्मल और विमल को किसी प्रकार की कोई चिंता नहीं हैं।

कुछ वर्षों मे ही चारों बच्चे अपने अपने काम पर लग गए। राहुल और आँचल तो उसी शहर मे प्रैक्टिस करने लगे। अमन और पूजा को अपनी जॉब के कारण पूना जाना पड़ा,। विमल को इसमे कोई परेशानी नहीं थी कि उसके दोनों बच्चे बाहर हैं लेकिन अमन और पूजा को बहुत अफसोस होता कि वो अपने माँ बाप की सेवा नहीं कर पा रहे हैं क्यूंकि राहुल और आँचल तो अपने शहर मे रहकर अपने माँ-बाप की सेवा कर रहे हैं। इसलिए 3 वर्षों के बाद दोनों ने अपनी कंपनी मे बोल दिया कि हमारी सैलरी चाहे 25% कम कर दो लेकिन हमे हमारे होम तों से ही ऑन लाइन काम करने की स्वीकृति दे इससे कंपनी का पैसा भी बचेगा और हम अपने माँ-बाप के पास रहकर उनकी सेवा भी कर सकेंगे। कंपनी ने सब कुछ सोचकर और लाभ को देखते हुए उनकी बात

मान ली, तब अमन और पूजा अपने घर आ गए और उन्होंने वही पर एक ऑफिस बनाकर अपनी कंपनी का काम करने लगे तथा साथ ही माँ-बाप की सेवा भी करने लगे।

अब सब लोग बहुत खुश थे और हर रविवार को दोनों की फॅमिली दिन भर साथ ही रहती और एन्जॉय करते क्यूंकि बाकी दिन तो सब व्यस्त रहते। समाज मे सब लोगों मे यह विश्वास था कि ये चारों बच्चे आपस मे ही शादी कर लेंगे, लेकिन उन्हे ये पता नहीं था कि इन्होंने तो बचपन से एक दूसरे को भाई-बहन माना है, ये तो सिर्फ इतना जानते हैं कि ये दो भाई और दो बहने हैं।

अब निर्मल और विमल को अपने बच्चों की शादी की चिंता होने लगी और वो सोचने लगे कि पता नहीं कैसी बहूएं आएगी और कैसे दामाद मिलेंगे। दहेज भी देना पड़ेगा और आजकल जैसा समाज मे दिखावा हो रहा हैं वो सब भी करना पड़ेगा। परंतु निर्मल और विमल की खास चिंता तो अच्छी बहूएं और दामाद ढूँढना था। वैसे दोनों के पास पैसों की कोई कमी नहीं थी। वो चाहते तो उन्हे पैसों के बल पर अच्छे पढे लिखे दामाद और पढ़ी लिखी बहूएं मिल जाती लेकिन वो चाहते थे कि उनके दामाद और बहूएं घर को तोड़े नहीं बल्कि जोड़कर रखे और एक दूसरे की इज्जत करें।

एक दिन अमन और पूजा के ऑफिस के लोग उनके शहर मे 3-4 दिन घूमने के लिए आए। तब अमन और पूजा ने भी अपने ऑफिस से अवकाश ले लिया और उन लोगों को किसी होटल मे नहीं रुकने दिया बल्कि अपने घर मे रुकवाया।

उसके ऑफिस के लोगों मे राशि और रवींद्र भी थे, इन दोनों ने जैसे ही अमन और पूजा के मम्मी पापा को देखा तो उन्हे अपने मम्मी पापा याद आ गए, ये दोनों भी अपने मम्मी पापा के साथ ही

रहते थे, और वे दोनों विमल ओर उनकी पत्नी निहारिका को ही अपने मम्मी पापा मानने लगे ओर मम्मी पापा ही बोलने लगे। इन 3-4 दिनों मे राहुल और आँचल भी उन लोगों के साथ ही रहे और सब ने मिलकर बहुत एन्जॉय किया। जहां उन लोगों को 3-4 दिन रुकना था वहाँ राशि और रवींद्र वही 5-6 दिनों के लिए और रुक गए, बाकी लोग चले गए।

निर्मल ने आज सबको अपने घर डिनर पर बुलाया। जब रवींद्र और राशि निर्मल ओर उनकी पत्नी काजल से मिले तो उन्हे बहुत अच्छा लगा। सब लोगों ने डिनर करने के बाद ये निश्चय किया की आज रात सब निर्मल के घर पर ही रुकेंगे। देर रात तक सब आपस मे बात करने लगे ओर हंसी मजाक करने लगे।

दूसरे दिन राशि, रवींद्र, राहुल, आँचल, अमन और पूजा एक मॉल मे गए और वहाँ से बहुत सारी चीजे खरीदी। निर्मल अपनी पत्नी के साथ विमल के घर आ गया। निर्मल ने विमल को बोला कि राशि और रवींद्र दोनों ही अच्छे स्वभाव के है तो क्यूँ नहीं अपने बच्चों की शादी की बात इनसे की जाए। इस बात पर सब सहमत हो गए और बोले कि अभी जब वो लोग आएंगे तो उनसे इस बारे मे बात करेंगे। निर्मल ने राहुल को फोन करके बता दिया कि वो लोग जब भी फ्री हो जाए तब सीधे विमल के घर ही आ जाए।

जब शाम को राशि, रवींद्र, राहुल, आँचल, अमन और पूजा घर आए तो उनके मम्मी-पापा वही थे तो उन्होंने पूछा कि क्या बात हैं ? तब विमल बोला कि मैं एक बात तुम लोगों से पूछना चाहता हूँ। तो सब बोले कि पूछो। विमल बोला कि तुम लोगों का शादी का क्या विचार हैं और कब करोगे। तो सबसे पहले राशि बोली कि पापा अगर आप लोगों की इजाजत हो और राहुल मुझे पसंद करे तो मै तो राहुल से ही शादी करूंगी क्यूंकि जैसा प्यार यहाँ मैंने सब लोगों मे देखा हैं वैसा आज तक कहीं नहीं देखा ओर मै भी आप

लोगों के परिवार मे प्यार का हिस्सा बनना चाहती हूँ तथा साथ ही मै ये भी वादा करती हूँ कि इस प्यार मे कभी कमी नहीं आने दूँगी बल्कि इस प्यार को आकाश की ऊंचाइयों तक पहुंचा दूँगी। इसी तरह मै जैसे मेरे मम्मी-पापा को मानती हूँ वैसे ही मैं यहाँ भी मम्मी-पापा मानूँगी ना कि सास-ससुर। इसी तरह रवींद्र बोला और वो पूजा से शादी करना चाहता हैं। यह बात सुनकर सब बहुत खुश हुए। तो निर्मल ने राशि और रवींद्र से कहा कि तुम दोनों भी अपने मम्मी-पापा को बुला लो ताकि शादी की तारीख पक्की कर ले और हाँ एक बात और हैं कि तुम चारों की शादी एक ही दिन ओर एक ही मंडप मे होगी। अब तो आँचल के लिए कोई अच्छा लड़का ओर अमन के लिए कोई अच्छी लड़की मिल जाए। तभी रवींद्र बोला की मेरा छोटा भाई अजय हैं और वो डॉक्टर हैं तो उससे आँचल की शादी कर देंगे और राशि की छोटी बहन साक्षी हैं वो सी ए हैं उसकी शादी अमन से कर देंगे। ये बात सुनकर तो सब लोग बहुत ही खुश होते हैं। और जल्दी ही राशि और रवींद्र के घर वालों को बुलवा लेते हैं।

राशि के मम्मी-पापा, बहन और रवींद्र के मम्मी-पापा व भाई रविवार को उन लोगों से मिलने आ गए। और सबने एक दूसरे को पसंद कर लिया। लेकिन तभी अजय बोला कि मुझे कुछ कहना हैं, तो सबने कहाँ कि बोलो। तब अजय बोला मुझे दहेज मे दो चीज चाहिए। दहेज का नाम सुनते ही वहाँ एकदम सन्नाटा छा गया। तब अजय बोला घबराओ मत, मुझे दहेज मे गाड़ी, पैसा आदि कुछ नहीं चाहिए, मुझे तो केवल दहेज मे एक ऐसी बीवी चाहिए जो मेरे मम्मी-पापा को भी अपने मम्मी-पापा माने, मेरे भाई को भाई माने, मेरे रिश्तेदारों को अपना रिश्तेदार माने, ओर दूसरा दहेज मे मुझे सास-ससुर, साल-साली ना मिले बल्कि मम्मी-पापा और भाई-बहन मिले, मुझे तो बस ऐसा ही दहेज चाहिए। मैं एक बात और कहना चाहूँगा कि आजकल हम अपने ससुराल को

अपना घर, ओर उस परिवार के सदस्यों को अपने घर के सदस्य माने तो ना कभी सास-बहु मे ओर ना कभी मियां-बीबी मे लड़ाई हो और ये जो आजकल एकल परिवार हो रहे हैं उसकी जगह वापस संयुक्त परिवार हो क्यूंकि आजकल वैसे ही हर परिवार मे सदस्य ही कम होते है और छोटा परिवार होता हैं अगर वो ही टूट जाए तो समझो कि तुम एक पेड़ थे ओर उसकी जगह अब केवल एक मिट्टी के गमले का पौधा बन गए। बनना तो ये चाहिए कि एक पौधे कि जगह पेड़ बने और उसमे अच्छे-अच्छे फल-फूल हमेशा खिलखिलाते रहे। जिसकी खुशबू से सारे लोग महकते रहे।

तभी राशि और साक्षी बोली कि हम भी अजय की बातों से सहमत हैं और साथ ही हम अब अपना काम भी इसी शहर मे करेंगे। तथा साथ ही रवींद्र, राहुल, आँचल, अमन और पूजा ने भी इनकी बातों का समर्थन किया। तब राशि बोली कि मैं भी अब घर से ही काम करूंगी। जैसे अमन और आँचल करते है।

इन लोगों कि बाते सुनकर सबके मम्मी-पापा बहुत खुश हुए ओर बोले अगर आज की युवा पीढ़ी जो अभी अपने घर से दूर काम करती हैं वो अगर चाहे तो 25 प्रतिशत कम वेतन मे अपने घर से भी काम कर सकती हैं तथा साथ ही बड़े लोग भी ये बात समझ जाए तो एकल परिवार की जगह वापस संयुक्त परिवार हो जाए और जिंदगी खुशहाल हो जाए और ये दहेज बहुत अच्छा हैं जिसमे पैसा नहीं, बल्कि प्यार और परिवार हैं।

इसलिए अब सब बोलो दहेज मे पैसा नहीं बल्कि प्यार और परिवार चाहिए।

कहानी क्रमांक – दस :

अनाथ

विजय सड़क पर इधर उधर घूम रहा था उसकी आयु मुश्किल से 7-8 वर्ष थी, तभी उसने देखा कि एक बुजुर्ग आदमी धीरे धीरे लँगड़ाता हुआ सड़क पार कर रहा था तो विजय उसकी सहायता के लिए जैसे ही जाने लगा तभी एक कार ने उस बुजुर्ग के टक्कर मार दी और तेजी से निकल गई। तब विजय तुरंत उनके पास गया तो देखा कि उन्हे बहुत चोट आई हैं और बहुत खून भी बह रहा है, तब विजय उन्हे सहारा देकर सड़क के किनारे तक लेकर आया। तब तक वहाँ भीड़ भी इकट्ठी हो गई, लेकिन किसी ने उस बुजुर्ग की सहायता नहीं कि और थोड़ी देर बाद सब तमाशा देखकर चले गए। विजय ने उस बुजुर्ग से पूछा कि दादा बताओ आप कहाँ रहते हो ? आपके घर मे कौन कौन हैं ? मै आपको आपके घर छोड़ देता हूँ। तो वो बुजुर्ग बोले कि मेरा नाम शंकर हैं, मै अकेला ही रहता हूँ, वैसे तो मेरे 2 बेटे, 2 बहुए हैं और पोते पोती भी हैं, लेकिन मुझे साथ मे कोई नहीं रखता है, उन्होंने मुझे घर से निकाल दिया हैं और यहीं पास मे मेरी एक छोटी सी झोपड़ी हैं तुम मुझे वहाँ तक छोड़ दो वहीं पास मे मेरा दोस्त अब्दुल रहता हैं, वो भी मेरी तरह अकेला ही हैं जबकि उसके भी बच्चे हैं, इतना बोलते बोलते अचानक ही शंकर ने दम तोड़ दिया, विजय सहायता के लिए चिल्लाता रहा पर किसी ने उसकी कोई सहायता नहीं की तभी उस शहर के एस पी साहब गश्त के लिए उधर आए तो विजय ने उन्हे सारी बात बताई जो उसे शंकर ने बताई थी। एस पी साहब के पूछने पर विजय ने बताया कि उसने जब से होश संभाला हैं तब से वो फुटपाथ पर ही रहता हैं उसे ये

विजय नाम भी लोगों ने ही दिया हैं, वो अनाथ हैं। तब एस पी ने शंकर के बेटों को सूचना दी कि शंकर की एक कार दुर्घटना मे मृत्यु हो गई हैं अतः उनके दाह संस्कार के लिए उनकी लाश ले जाए, लेकिन शंकर के बेटों ने दाह संस्कार करने से मना कर दिया। इसी बीच अब्दुल भी वहाँ आ गया उसकी उम्र भी लगभग 65 वर्ष होगी, उसे भी उसके बच्चों ने छोड़ रखा था। वो आकर बोला कि मेरे पास इतने पैसे नहीं हैं कि मै शंकर का दाह संस्कार कर सकू। तब एस पी साहब ने दाह संस्कार का पूरा इंतजाम किया तो विजय बोला कि साहब इनको मुखाग्नि मैं दूंगा क्यूंकि ये भी सबके होते हुए अकेले हैं और मैं तो वैसे ही अनाथ हूँ, कम से कम मुझे एक बेटे का फर्ज निभाने का मौका तो मिलेगा। उसकी बात सुनकर एस पी साहब बहुत खुश हुए और उसके कहे अनुसार ही सारा काम किया। दाह संसार होने के बाद एस पी साहब ने उससे पूछा कि अब क्या करोगे, तब विजय बोला कि मै बूट पॉलिश करता हूँ और उससे जो पैसे आते हैं तो खाना कहा लेता हूँ और कुछ बच्चों की किताब खरीद कर पढ़ाई कर लेता हूँ, मुझे कुछ कुछ पढ़ना आता हैं। फिर भी कभी अगर कुछ पैसे बच जाते हैं तो दूसरे अनाथ बच्चों को खाना खिला देता हूँ। उसकी बात सुनकर एस पी साहब बहुत ही ज्यादा खुश हो गए और बोले कि आज के बाद तुम्हें काम करने की जरूरत नहीं हैं, तुम सिर्फ पढ़ाई करोगे। मैं तुम्हारा अड्मिशन अच्छे स्कूल मे करवा देता हूँ। तब विजय बोला कि नहीं साहब आप तो मेरा किसी सरकारी स्कूल मे दाखिला करवा दो, बाकी रोटी तो मैं अपनी मेहनत की कमाई की ही खाऊँगा। अब मेरी आपसे एक ही विनती हैं कि अगर कभी कोई अनाथ मरे चाहे वो बच्चा हो या बड़ा, उसका दाह संस्कार मैं ही करूंगा। विजय की ऐसी बाते सुनकर एस पी साहब तो अचंभित हो गए और सोचने लगे कि छोटा सा बच्चा हैं और इसके सोच कितनी बड़ी हैं।

अब विजय अब्दुल के साथ ही उसकी झोपड़ी मे रहने लगा, और उन्हे चाचा बोलने लगा। एस पी साहब ने विजय का एडमिशन एक अच्छे सरकारी स्कूल मे करा दिया,। विजय मन लगाकर पढ़ाई करता और कभी कुछ समझ मे नहीं आता तो वो एस पी साहब के पास जाकर उनसे समझ कर आ जाता। इस तरह विजय के दिन गुजरते गए, अब वो दसवीं क्लास मे आ गया और उसने चाचा के साथ मिलकर अपनी एक जूते-चप्पल की दुकान भी खोल ली। वो पढ़ाई मे और दुकान मे मन लगाकर काम करता। तथा जब भी एस पी साहब उसे किसी के दाह संस्कार के लिए बुलाते, तो वो जरूर जाता और सारी क्रियाएं करता। धीरे धीरे उसने एस पी साहब से कहकर कुछ सरकारी जमीन खरीद ली और उसमे एक आश्रम चलाने लगा, जिसमे जो बच्चे अनाथ होते या जिन बुजुर्गों को उनके घर वालों ने घर से निकाल दिया, उन्हे रखता और उनकी देख भाल वो और अब्दुल दोनों मिलकर करते और उन बच्चों को पढ़ाते भी। कुछ समय बाद एस पी साहब और विजय के प्रयासों से वो आश्रम बड़ा बना दिया गया और कुछ दूसरी सामाजिक संस्थाएं भी विजय के मिशन से जुड़ गई। अब विजय का एक ही उद्देश्य था कि कोई भी बच्चा या बुजुर्ग फुटपाथ पर ना रहे, उसने अपने आश्रम का नाम भी **"एक परिवार"** रखा।

विजय ने अपनी इंजीनियरिंग की पढ़ाई भी पूरी कर ली। धीरे धीरे "एक परिवार" मे बच्चों की और बुजुर्गों की संख्या बढ़ती गई। विजय, अब्दुल और एस पी साहब के प्रयासों से "एक परिवार" मे ही एक छोटा स्कूल खोल लिया, जूते चप्पल बनाने का काम भी चालू कर दिया, सिलाई की दुकान भी खोल ली, फर्निचर बनाने का काम भी करने लगे और ऐसे बहुत से काम भी वहाँ करने लगे, जिससे कि उनकी संस्था "एक परिवार" के लिए किसी से दान ना लेना पड़े बल्कि वो समाज के हित के लिए और दूसरे काम भी

कर सके। इसलिए विजय ने अपनी संस्था "एक परिवार" के लिए कभी भी किसी से दान नहीं लिया।

विजय के अथक प्रयासों से "एक परिवार" का काफी नाम होने लगा। एक दिन 15 अगस्त (स्वतंत्रता दिवस) के उपलक्ष्य मे विजय को एस पी साहब ने बुलाया और कहा कि तुम आज इन सब कैदियों को और मेहमानों को अपना अनुभव बताओ।

विजय ने अपने बचपन से लेकर "एक परिवार" तक के सफर के बारे मे बताया। साथ ही ये भी बताया कि उसे स्वयं को नहीं मालूम कि उसके माँ-बाप कौन हैं, जब से होश संभाला खुद को अनाथ ही पाया लेकिन और दूसरे अनाथ बच्चों का व्यवहार और उनके कारनामे देखकर उसने ठान लिया था कि वो अपनी पूरी ज़िंदगी ईमानदारी से जिएगा। उसने ये भी बताया कि उसके अनुभव के अनुसार दुनिया मे तीन तरह के अनाथ होते हैं, उसमे से दो तरह के अनाथ "एक परिवार" जैसे आश्रम मे रहते हैं और तीसरी तरह का अनाथ अपने घर मे रहता हैं। तब एस पी साहब ने पूछा कि किस तरह के अनाथ होते हैं। विजय बोला कि पहले अनाथ वो जिन्हे प्रकर्ति बनाती हैं, जैसे किसी के माँ-बाप एक्सीडेंट मे मर गए या किसी महामारी मे मर गए या किसी और कारण से मर गए। दूसरे अनाथ वो होते है जिन्हे इंसान बनाता हैं जैसे जिनके माँ-बाप तो होते है लेकिन वो जब उन्हे बच्चा होता हैं तो वो बच्चे के होते ही सड़क पर छोड़ देते हैं या किसी आश्रम मे छोड़ देते हैं, और वो बच्चा माँ-बाप के होते हुए भी अनाथ होता हैं, तथा तीसरे अनाथ वो होते हैं जो स्वयं ही अनाथ बनते हैं, जैसे अब्दुल चाचा के बेटे, जिनके बेटों ने उन्हे घर से निकाल कर सड़क पर छोड़ दिया तो उनके बेटों ने तो अपने आप को अनाथ बना दिया, इसी तरह "एक परिवार" मे जितने बुजुर्ग हैं उसमे से कम से कम 75% के बेटों ने अपने आप को अनाथ बना लिया क्यूंकि जिस घर मे माँ-बाप को नहीं रखा जाता जबकि वो जिंदा है तो वो बच्चे/बेटे अपने

आप ही अनाथ हो गए। मै यहाँ एक बात कहना चाहूँगा कि इन तीन तरह के अनाथों मे से हम अपने स्तर पर दो तरह के अनाथों को कम कर सकते हैं। लेकिन तीन तरह के अनाथों मे से हम दूसरे और तीसरे अनाथ को तो आसानी से रोक सकते हैं। अगर मा-बाप होते हुए हम किसी बच्चे को सड़क पर नहीं छोड़े तो वो अनाथ नहीं होगा। और इसी तरह अगर बेटे अपने माँ-बाप को सड़क पर ना छोड़े तो वो स्वयं अनाथ नहीं होंगे, उन पर माँ-बाप का साया रहेगा। अब रहा वो अनाथ जो प्रकर्ति के द्वारा अनाथ बनते हैं उसे हम रोक तो नहीं सकते लेकिन उन्हे अनाथ की केटेगरी से हटाकर उन्हे माँ-बाप का प्यार दे सकते हैं, जैसे किसी दंपति के कोई संतान नहीं हैं वो ऐसे अनाथ बच्चे को कानूनी प्रक्रिया के द्वारा अपना दत्तक पुत्र/पुत्री बना ले तो वो बच्चा भी अनाथ नहीं होगा और ऐसे दंपति को बेटा/बेटी मिल जाएंगे । अंत मे विजय ने कहा कि अगर मेरी बाते अच्छी लगी हो तो इसे अमल मे भी लाए और अनाथ करने और अनाथ होने से बचे।

सब लोगों ने विजय के विचारों की बहुत प्रशंसा की। तब एस पी साहब बोले कि इसलिए ही इस संस्था का नाम "एक परिवार" रखा था ना कि "अनाथ आश्रम" क्यूंकि इस धरती से अनाथ शब्द ही हटाना है, और मै चाहता हूँ कि अगर यहाँ ऐसे अनाथ लोग, जो स्वयं ही अनाथ बने हैं और उन्होंने अपने माँ-बाप को छोड़ रखा हैं, तो वे उन्हे घर ले आए और अपने आप को अनाथ बनने से रोक ले, इसी तरह जिन्होंने बच्चा होते ही सड़क पर छोड़ दिया वो भी बच्चा ले ले, और जिन दंपति के कोई संतान नहीं हैं वे अनाथ बच्चे को गोद ले ले, तब कोई नहीं कहलाएगा अनाथ। क्यूंकि पहली तरह के अनाथ को कोई दंपति गोद लेता हैं तो वो पुण्य का कार्य कहलाता हैं, और दूसरी ओर तीसरी तरह के अनाथ बनाने ओर बनने मे पाप लगता हैं।

अतः हमे स्वयं ये आँकलन करना हैं कि हम क्या कर सकते हैं “अनाथ” शब्द को हटाने के लिए।

कहानी क्रमांक - ग्यारह

डॉक्टर (सेवा/फर्ज या व्यापार):

चाँदनी और प्रकाश के जब पहली बेटी हुई तो वो बहुत खुश हुए। प्रकाश और चाँदनी के मम्मी-पापा भी बहुत खुश हुए। सबने मिलकर बेटी का नाम सोनम रखा और सब उसे प्यार से सब उसे सोनू बोलते। सोनू की जन्म दिन की प्रथम वर्ष गांठ बहुत धूम धाम से मनाई गई। सभी लोग बहुत खुश थे। तभी अचानक कुछ दिनों के बाद सोनू को थोड़ा बुखार हो गया तो सब लोग चिंतित हो गए और तुरंत ही डॉक्टर मेहता के पास गए। डॉक्टर मेहता शहर के जाने माने डॉक्टरों मे से एक डॉक्टर थे। डॉक्टर मेहता ने सोनू को अच्छी तरह देखा ओर कुछ दवाइयाँ लिख कर दे दी और बोले कि घबराने की कोई बात नहीं हैं। डॉक्टर मेहता की फीस भी 1000/- रुपए थी। सब लोग वापस घर आ गए लेकिन फिर भी उन्हे सोनू की चिंता होने लगी।

धीरे धीरे सोनू बड़ी हो गई और 10 वर्ष की हो गई लेकिन इन दस वर्षों मे सोनू की तबीयत ज्यादा ही खराब होती गई और सब घर वाले परेशान रहने लगे। उन्होंने सोनू को एक से एक बड़े डॉक्टरों जैसे डॉक्टर मलिक, डॉक्टर दिनेश, डॉक्टर रवि, डॉक्टर जॉर्ज, डॉक्टर हुमायूं आदि को दिखाया , लेकिन फिर भी सोनू की तबीयत मे कोई सुधार नहीं हुआ। इन डॉक्टरों की फीस ही 3000/- से 5000/- रुपए तक थी। और बिना पूर्वे स्वीकृति के इन डॉक्टरों से इलाज कराना भी मुश्किल था। चाँदनी और प्रकाश को जब भी किसी डॉक्टर को दिखाना होता तो 15-20 दिन पहले ही वो उस डॉक्टर से मिलने की अनुमति ले लेते, अगर कभी इमर्जेंसी मे किसी डॉक्टर को दिखाना पड़ता तो वो लोग उस

डॉक्टर को दोहरी फीस देकर दिखाते । चाँदनी और प्रकाश ने सोनू के इलाज मे लाखों रुपए खर्च कर दिए। आखिर एक दिन डॉक्टरों ने कह ही दिया कि सोनू का इलाज अब नहीं हो सकता। अब तो भगवान भरोसे ही ये बच सकती हैं। इन डॉक्टरों को अपने पेशे का घमंड भी बहुत था और इन्होंने मरीजों से कभी किस जांच के, कभी किस एक्स-रे के, कभी किसी दवा के नाम पे (पता नहीं किस किस बात के) ये डॉक्टर मरीजों से बहुत पैसे वसूलते ओर खर्च करवाते, इसलिए ये बहुत पैसे वाले हो गए। इन डॉक्टरों की एक बात और थी कि ये कभी भी आयकर नहीं देते थे। बल्कि ये सरकारी अधिकारियों को भी धमकाते थे, क्यूंकि इनमे से कुछ डॉक्टर मुख्य मंत्री, प्रधान मंत्री, राज्यपाल के व्यक्तिगत डॉक्टर थे यानि पारिवारिक डॉक्टर थे।

एक दिन किसी केन्द्रीय विभाग से किसी डॉक्टर को एक पत्र मिला, जिसमे उनसे सिर्फ ये पूछा गया था कि उन्होंने जो अपनी आय कर रिटर्न मे जो आय दिखाई हैं, उसका विवरण दें कि उस आय के स्रोत क्या हैं। जैसे ही यह पत्र डॉक्टर को मिला, उन्होंने उसका कोई जवाब विभाग को प्रस्तुत नहीं किया बल्कि किसी मंत्री को शिकायत कर दी। और वहाँ से बिना शिकायत की जांच पड़ताल के उस केन्द्रीय विभाग के अफसरों को दिल्ली बुला लिया गया और उन्हे चेतावनी दे दी गई कि भविष्य मे इस तरह के पत्रों की पुनरावर्ती ना हो और डॉक्टरों को ऐसे टैक्स से संबंधित कोई पत्र ना भेजा जाए। इस तरह का आदेश भी निकाल दिया गया तो इससे डॉक्टर ओर भी ज्यादा घमंडी हो गए, और उन्होंने डॉक्टर के पेशे को सेवा से हटाकर व्यापार बना दिया।

जब प्रकाश और चाँदनी सब तरफ से निराश हो गए और वे बहुत दुखी रहने लगे तब एक दिन किसी ने उन्हे बताया कि अपने शहर मे जो "सेवा क्लिनिक" हैं, वहाँ सोनू को एक बार दिखा दो तो प्रकाश और चाँदनी दोनों एक साथ बोले कि वहाँ दिखाने से कोई

फायदा नहीं होने वाला, हमने तो एक से एक बड़े डॉक्टरों को दिखा दिया, तब ही कुछ नहीं हुआ तो वहाँ क्या होगा और वहाँ तो केवल चार डॉक्टर ही बैठते हैं। तब उस व्यक्ति ने कहा कि वहाँ जो चार डॉक्टर हैं उनके नाम डॉक्टर राम (फिज़िशन), डॉक्टर सिराज ((फिज़िशन), डॉक्टर मैथ्यू (हार्ट विशेषज्ञ) और डॉक्टर शेखर (सर्जन) हैं जो कभी अपने नाम का डंका बजाते थे लेकिन कभी भी उन्होंने अपनी फीस 200/- रुपए से ज्यादा कभी भी किसी से नहीं ली चाहे वो कितना ही अमीर क्यूँ ना हो, बल्कि वो तो गरीबों से फीस भी नहीं लेते थे। इसलिए ज्यादा लोग इनके पास कम ही जाते थे, अमीर लोग तो इन्हे धीरे धीरे भूल ही गए लेकिन इनकी एक विशेषता थी कि ये बहुत जल्दी बीमारी को पहचान लेते थे और उसका इलाज उसी के अनुसार करते थे, फिर भी लोग इनके पास इलाज के लिए नहीं जाते थे, बस वो ही लोग जाते थे जिनके पास फीस के पैसे देने को नहीं होते थे या वो लोग जो सब तरफ से हताश हो चुके होते थे। इसलिए बाद मे इन चारों ने मिलकर अपनी ये एक क्लिनिक खोली हैं। तब प्रकाश और चाँदनी कहते है कि चलो किसी दिन सोनू को उनको भी दिखा देंगे।

कुछ दिनों बाद सोनू की तबीयत वापस खराब हो गई तो वो लोग तुरंत ही चाँदनी को लेकर बड़े बड़े डॉक्टरों के पास गए लेकिन सारे डॉक्टरों ने उनको जवाब दे दिया कि हम कुछ नहीं कर सकते, अब तो सोनू का बचना मुश्किल हैं। तब चाँदनी बोली कि प्रकाश क्यूँ नहीं इस बार हम भी सेवा क्लिनिक मे ही सोनू को दिखा दे। तब वो दोनों सोनू को लेकर सेवा क्लिनिक गए। वहाँ डॉक्टरों ने पहले तो सोनू के पिछले जो टेस्ट, एक्स-रे इत्यादि हुए थे उन्हे अच्छी तरह देखा और फिर बोले कि सोनू को 3-4 दिन सोनू को हॉस्पिटल मे ही रहना होगा, क्यूंकि हम लोग कुछ टेस्ट और एक्स-रे वापस करेंगे।

3-4 दिन तक उन डॉक्टरों ने सोनू के कई तरह के टेस्ट किये और एक्स-रे किये और सब कुछ जाँचे करने के बाद उन्हे सोनू की बीमारी पकड़ मे आ गई तब वो चाँदनी और प्रकाश से बोले कि हमने सोनू की बीमारी पकड़ ली है, अब उसी के अनुसार इसका इलाज होगा और हम वादा करते हैं कि हमारे रहते सोनू को कुछ नहीं होगा और वो जिंदा रहेगी।

उसके बाद वो डॉक्टर सोनू के इलाज मे लगातार लगे रहे और उसे वक्त वक्त पर जो दवाई देनी होती वो देते और हर 10-15 दिन मे उसका एक्स-रे ओर टेस्ट करते फिर उसी आधार पे सोनू का इलाज करते। इस तरह एक वर्ष मे सोनू पूरी तरह से बिल्कुल ठीक हो गई।

चाँदनी और प्रकाश की खुशी का तो पूछो ही मत, वो तो इतने ज्यादा खुश हुए कि उन्होंने इस खुशी मे एक पार्टी का आयोजन किया जिसमे बहुत से लोगों को बुलाया गया और डॉक्टर राम, डॉक्टर सिराज, डॉक्टर मैथ्यू और डॉक्टर शेखर को विशेष रूप से बुलाया गया। चाँदनी और प्रकाश ने सब लोगों को इन डॉक्टरों के बारे मे बताया तो सब लोग इनकी बहुत तारीफ करने लगे।

तब डॉक्टर सिराज बोले कि अगर आप लोग हमारे पास पहले ही आ जाते तो सोनू की इतनी तभीयत नहीं बिगड़ती और ना आप लोगों का इतना पैसा बर्बाद होता लेकिन आजकल तो लोग उन्ही डॉक्टरों के पास जाते हैं जिनका नाम ज्यादा हो, फीस ज्यादा हो, वो बात बात पे एक्स-रे और टेस्ट करवाते रहे और फीस के साथ साथ कमिशन भी लेते रहे। उन्हे बीमारी का पता लगे या ना लगे वो तो बस सांत्वना के लिए इलाज करते रहे और पैसे पे पैसे कमाते रहे, उन्हे इस बात से मतलब नहीं हैं कि किसी के पास इतने पैसे देने को हैं या नहीं, या वो उस मरीज को ठीक भी कर पाएंगे या नहीं। और सबसे बड़ी बात ये हैं कि उन डॉक्टरों के

पास मरीज को देखने का टाइम ही नहीं होता वो तो मुश्किल से 5-10 मिनट एक मरीज को देंगे चाहे उस मरीज की बीमारी कैसी भी हो और अगर मरीज उनके अस्पताल मे भर्ती हैं तो वो डॉक्टर अपने जूनियर डॉक्टर को कह देंगे कि इसको चेक करके रिपोर्ट कर दे तो वो डॉक्टर उसी हिसाब से उस मरीज की दवाइयाँ लिख देंगे चाहे बीमारी उस जूनियर डॉक्टर को समझ मे आई या नहीं आई। उन जैसे डॉक्टरों का पेशा सेवा नहीं बल्कि व्यापार हैं और बस एक ही उद्देश्य होता हैं कि किसी भी तरह पैसा कमाया जाए। हम ये तो मानते हैं कि अगर कोई डॉक्टर किसी बीमारी का स्पेशलिस्ट हैं तो उसके पास लोग ज्यादा जाएंगे लेकिन उस डॉक्टर को ये सोचना चाहिए कि अगर कोई गरीब हैं और उसके पास इलाज के और फीस के पैसे नहीं हैं तो उस डॉक्टर का फर्ज हैं कि वो उनका इलाज फ्री मे करे जबकि हम चारों का उदेश्य सेवा करना हैं ना कि पैसा कमाना। हमारे जैसे डॉक्टर और उन जैसे डॉक्टर आपको बहुत मिल जाएंगे, बस आपको उन्हे खोजना हैं।

डॉक्टर का पेशा सेवा हैं ना कि व्यापार। अब आप लोग ही निश्चित करेंगे कि आप लोगों को डॉक्टर से सेवा/इलाज चाहिए या उनका व्यापार बढ़ाना।

कहानी क्रमांक – बारह :

अपना घर (स्वर्ग या नरक)

आज फिर रमेश के दोनों जुड़वा बेटे अजय और विक्रम आए और रमेश के पैरों मे गिरकर गिड़गिड़ाने लगे कि पिताजी हमे 2-2 लाख रुपए दे दो तो हम दोनों अपने अपने ऑफिस खोल ले। अजय कि एक छोटी सी किराना की दुकान हैं और विक्रम एक वकील हैं । रमेश उनसे बोला कि पिछले वर्ष ही तुम दोनों को 5-5 लाख रुपए दिए थे, उन पैसों का क्या किया तो वो दोनों बोले कि वो तो खर्च हो गए। वो दोनों तो किसी तरह से रमेश से पैसे लेना चाहते हैं परंतु रमेश ने उन्हे पैसा देने से मना कर दिया।

रमेश को अपना अतीत याद आ गया और वो अपनी पत्नी शान्ता से बोला कि याद हैं तुम्हें कि हमने किस तरह से अजय और विक्रम को शहर के सबसे महेंगे इंग्लिश स्कूल मे प्रवेश दिलाया था उस समय अपनी इतनी आय भी नहीं होती थी, तो भी उन्हे उस स्कूल मे एडमिशन दिलवाया और दोनों के कॉलेज भी शहर के सबसे अच्छे कॉलेज थे लेकिन अजय तो पढ़ नहीं पाया और विक्रम ने कानून की डिग्री ली और वकील बन गया। अजय ज्यादा पढ़ाई नहीं कर पाया तो उसकी एक छोटी सी किराना की दुकान हैं।

तब शान्ता बोली कि मुझे सब कुछ याद हैं और वो अतीत मे खो गई।

वो कितनी खुश थी जब उसे एक साथ जुड़वा बेटे हुए थे, जिनका उन्होंने बहुत सोच विचार के बाद अजय और विक्रम नाम रखा था

– अजय का मतलब, अजेय रहना और विक्रम जिसके नाम से हिन्दू वर्ष चलता हैं, विक्रम संवत । रमेश फिज़िक्स के टीचर थे और एक अच्छे स्कूल मे पढ़ाते थे, उनकी फिज़िक्स बहुत अच्छी थी तो बहुत सारे दूसरे स्कूल के स्टूडेंट्स भी उनके घर पर ट्यूइशन पढ़ने भी आते थे। रमेश अपने माँ-बाप के साथ एक किराये के मकान मे रहता था। उसकी सैलरी और ट्यूइशन की फीस मिलाकर अच्छी आय हो जाती थी, लेकिन रमेश को समाज मे दिखावे का बहुत शौक था। इसलिए रमेश ने जितने पैसे कमाएं वो सब अच्छे अच्छे ब्रांडेड कपड़ों मे, होटल मे, और घूमने मे ही खर्च कर दिए, और महंगी से महंगी चीजें घर ले आए। वो ट्यूइशन मे बहुत पैसा काम रहे थे लेकिन इन सब खर्चों के कारण कुछ भी नहीं बच पा रहा था।धीरे धीरे जैसे जैसे शहर मे और भी अच्छे स्कूल और अच्छे टिचर्स होने लगे वैसे वैसे रमेश की लोकप्रियता मे भी कमी आने लगी और स्टूडेंट्स भी कम आने लगे क्यूंकि अब उनकी उम्र भी 50 वर्ष की हो गई थी और दोनों बेटों की शादी भी हो गई थी। रमेश ने कभी भी अपना स्वयं का मकान बनाने का नहीं सोचा और वो सब किराये के मकान मे ही रहे।

एक दिन रमेश के दोस्त शंकर उनसे मिलने आए तो बातों ही बातों मे शंकर ने रमेश से पूछा कि तुम अभी भी उसी ठाट-बाट से रहते हो या कोई मकान भी बनवाया हैं या नहीं। तो रमेश ने कहा कि मकान अभी नहीं बनवाया हैं, बस 200 वर्ग गज जमीन खरीदी है, अब इतने पैसे नहीं हैं कि मैं उस जमीन पर अपना मकान बना सकूँ। शंकर ने पूछा कि थोड़े बहुत पैसे तो जमा किये ही होंगे। तब रमेश बोले कि मेरे पास तो केवल 8-10 लाख रुपए ही हैं जबकि मकान बनाने के लिए कम से कम 30-35 लाख रुपए चाहिए। मेरे दोनों बेटों ने तो पैसों के लिए मना कर दिया हैं और कह दिया कि उनके पास मकान बनाने के लिए पैसे नहीं हैं। ये सुनकर शंकर कुछ नहीं बोले और थोड़ी देर बाद वापस चले गए।

शंकर अपने दूसरे मित्रों से सलाह मशविरा करके एक दिन रमेश के घर आते हैं और रमेश को समझाते हैं कि तुम अब स्वयं का अपना मकान बनाओ क्यूंकि अब कुछ समय बाद तुम सेवा निव्रत हो जाओगे और अभी ही तुम्हारे पास स्टूडेंट्स ट्यूइशन लेने के लिए कम आते हैं, बाद मे तो बिल्कुल ही नहीं आएंगे, अतः तुम्हारे हित मे ये ही हैं कि अब भी समय रहते तुम मकान बना लो क्यूंकि इतने सालों मे तुमने कितना ही पैसा किराये के रूप मे दे दिया। इतने रुपए मे तो अब तक तुम अपना मकान बना लेते। तुम्हारे पास 10 लाख रुपए तो है ही, तुम 20-22 लाख रुपए उधार ले लो। जिसमे से कुछ पैसे तो हम उधार दे देंगे और बाकी तुम बैंक से लोन ले लो लेकिन रमेश नहीं माना। आखिर सब लोगों के समझाने के बाद रमेश ने मकान बनाने का निश्चय कर लिया।

रमेश ने सब तरफ से पैसा लेकर और जो कुछ उसके पास था उन सबको मिलाकर उसने जल्द ही अपनी जमीन पर 2 बी एच के के दो फ्लैट बना लिए अपने दोनों बेटों के लिए और स्वयं के लिए एक कमरा बनाया तो सब लोग बहुत खुश हुए और गृह प्रवेश के बाद जल्द ही वो सब नए मकान मे रहने लगे।

कुछ समय के बाद रमेश के पास वहाँ नई जगह स्टूडेंट्स ने ट्यूइशन के लिए आना छोड़ दिया तो जो थोड़ी बहुत अतिरिक्त आय होती थी वो भी बंद हो गई। 5 साल बाद रमेश भी सेवा निव्रत हो गया। सेवा निव्रती के पश्चात जो पैसा रमेश को मिला तो उसने उन पैसों से दोनों बेटों के लिए बढ़िया फर्निचर खरीद लिया और घूमने मे भी बहुत पैसा खर्च कर दिया। अब धीरे धीरे थोड़ा बहुत जो रमेश के पास पैसा था वो भी खर्च हो गया। अब जब भी रमेश के बेटे कभी पैसे मांगते तो वो मना कर देता कि अब उसके पास पैसे नहीं हैं।

धीरे धीरे हालात ये हो गए कि रमेश के पास मकान के लोन की किश्त चुकाने के भी पैसे नहीं रहे तथा जो उसने दोस्तों से पैसे उधार लिए थे वो भी पूरे नहीं चुका पाया। रमेश के दोनों बेटों ने अब रमेश से बोलना बंद कर दिया और रमेश व शान्ता से बोले कि अब आप लोग अपना कमरा खाली कर दो क्यूंकि बच्चे अब बड़े हो रहे हैं तो उनको पढ़ने के लिए कमरा चाहिए अतः आप लोग जो एक कमरा छत पर स्टोर रूम का बना हुआ हैं तो आप लोग उसमे शिफ्ट हो जाओ। फिर अजय बोला कि आज से आप लोग एक महीने मेरे यहाँ खाना खाओगे और एक महिना विक्रम के पास खाना खाओगे। इस तरह रमेश और शान्ता को स्टोर रूम मे शिफ्ट कर दिया गया। रमेश की जो पेंशन आती थी वो पूरी भी किश्त मे कम पड़ती थी। जैसे तैसे करके रमेश ने अपनी किश्त कम करवा ली और किश्त का पीरियड बढ़ा दिया।

एक-दो वर्ष तक तो अजय और विक्रम ने रमेश और शान्ता को खाना खिलाया, उसके बाद उन्होंने वो भी बंद कर दिया। अब रमेश की हालत बहुत खराब हो गई क्यूंकि वो अब बिल्कुल ही किश्त नहीं चुका पा रहा था, जो पेंशन के पैसे आते थे उससे तो वो अपनी रसोई का खर्च पूरा करते थे।

तीन-चार वर्ष बीत गए। रमेश ना तो बैंक की किश्तें दे पाया और ना ही दोस्तों को उधार के पैसे वापस दे पाया। अब आए दिन कभी बैंक वाले आ जाते तो कभी उसके दोस्त आ जाते अपने पैसे वापस लेने के लिए। अजय और विक्रम ने तो साफ साफ बोल दिया कि हमारा ही खर्चा नहीं चलता तो हम किश्त कहाँ से चुकाएंगें जब कि अजय और विक्रम की आमदनी बहुत अच्छी थी और उन दोनों के पास पैसे भी बहुत था और ये बात रमेश तथा शान्ता अच्छी तरह जानते थे कि उनके बच्चों के पास बहुत पैसा हैं। हालत ये हो गए कि बच्चों ने तो रमेश से बिल्कुल बोलना ही छोड़ दिया था। अब रमेश बहुत उदास रहने लगा, उसे उदास

देखकर शान्ता ने पूछा कि आप उदास क्यूँ हो तो वो बोले कि अपन ने मकान तो इसलिए बनाया था कि बुढापें मे हम बच्चों के साथ आराम से और खुशी से रहेंगे लेकिन यहाँ तो खुद का खाना भी बहुत मुश्किल हो रहा हैं और बच्चों ने भी बात करना बंद कर दिया यहाँ तक कि उन्हे अब बच्चे खाना भी नहीं खिलाते । सारी ज़िंदगी की कमाई भी इस मकान मे लगा दी और अब तो ना किश्त चुकाने के पैसे हैं, ना दोस्तों को उधारी के पैसे वापस करने के पैसे हैं। अब तो लगता हैं ये ज़िंदगी नरक बन गई, कहाँ तो सोचा था कि मकान बनाने के बाद ज़िंदगी स्वर्ग हो जाएगी, ये तो नरक से भी बदतर हो गई।

रोज रोज के तकाजे से परेशान होकर रमेश अपनी पत्नी शान्ता को लेकर दूसरे शहर चला गया और वहाँ वह एक पूर्व परिचित धार्मिक सेठ के पास नौकरी करने लगा। उस सेठ ने उन्हे रहने के लिए एक अच्छा सा कमरा भी दे दिया, फिर भी रमेश और शान्ता उदास ही रहते और चिंता मे खोए रहते । जब कभी भी रमेश और शान्ता बच्चों के पास जाते तो दो-तीन दिन मे ही वापस आ जाते। कुछ वर्ष और बीत गए तो एक दिन वो सेठ उनसे बोला कि मै कई दिनों से देख रहा हूँ कि ऐसी क्या बात है जो आप लोग उदास ही रहते हो और चिंता मे डूबे रहते हो, और बच्चों के पास जाते हो तो वापस दो-तीन दिन मे ही आ जाते हो। ऐसे क्या बात हैं कि आप लोग इतने उदास और चिंतित रहते हो। यहाँ कोई कमी हैं क्या ? तो रमेश बोला कि नहीं यहाँ कोई कमी नहीं हैं, इतना बोलकर वो चुप हो गया और शान्ता की तरफ देखने लगा। सेठ ने बहुत जोर दिया और कहा कि जो भी परेशानी हैं, उसे बता दे हो सकता हैं उस परेशानी का कोई इलाज हो। तब रमेश ने उसे सारी बात बता दी और कहा कि उसके पास ना तो किश्त चुकाने के पैसे हैं और ना दोस्तों की उधार चुकाने के पैसे हैं, और तो और

बच्चें भी नहीं बोलते हैं और ना उस घर मे रहने देते हैं, कहते हैं कि घर छोटा हैं।

सारी बातें सुनने के बाद सेठजी ने बहुत देर तक सोच कर रमेश से बोले कि मेरे पास एक उपाय हैं जिससे तुम्हारी सारी समस्याएं दूर हो सकती हैं और तुम सारा पैसा भी चुका सकते हो तथा तुम बहुत वापस सुखी ज़िंदगी जी सकते हो दोनों बच्चे भी वापस तुम लोगों के पास आ सकते हैं। लेकिन तुम्हें अपने उस मकान से मोह छोड़ना पड़ेगा. तब रमेश और शान्ता बोले कि हम सब कुछ कर सकते हैं लेकिन उस मकान को हमने बहुत कष्ट उठाकर बनवाया था, तो उसे कैसे छोड़ें। तब सेठजी बोले कि जो उपाय मैं बताऊँगा वो इतना अच्छा हैं कि तुम्हें कोई समस्या नहीं होगी। तब रमेश बोले कि ठीक हैं सेठजी बताओ हमे क्या करना होगा।

तब सेठजी ने उनसे पूछा कि वो मकान किसके नाम हैं / अभी तुम्हारे मकान की कितनी कीमत कितनी होगी और तुम्हें किश्त के तथा दोस्तों के कितने रुपए चुकाने हैं ? तब रमेश बोले कि मकान शान्ता के नाम हैं और मकान की अभी कीमत लगभग 60 लाख रुपए होगी तथा मुझे किश्त के और दोस्तों के लगभग 15 लाख रुपए चुकाने हैं। तो सेठजी बोले कि तुम अब एक काम कर सकते हो। तुम अपना मकान बेच देते हो तो तुम्हें 60 लाख रुपए मिल जाएंगे। उसमे से पहले तो तुम अपने स्वयं के लिए एक दो कमरों का छोटा सा फ्लैट ले लो, जो लगभग 22-25 लाख मे आ जाएगा। उसके बाद तुम जो 15 लाख रुपए उधार हैं वो चुका दो, फिर भी तुम्हारे पास लगभग 20 लाख रुपए बचेंगे।

ये सब सुनकर रमेश बोला कि मै अपने बेटों को घर से कैसे निकाल सकता हूँ, तो सेठजी बोले कि जब तुम्हारे बेटें तुम्हारे साथ रहना तो दूर, एक वक्त की रोटी भी तुमको नहीं खिला सकते, जिनके लिए तुमने अपनी सारी ज़िंदगी की कमाई लुटा दी, वो ही

आज तुम्हें दर दर की ठोकरें खिलाने पर मजबूर कर रहे हैं तो ऐसे बेटों को अपना मकान मत दो। तुम जब अपना एक छोटा सा फ्लैट ले लोगे तो तुम आराम से रहोगे और रही बेटों की बात तो उन्हे तुम 5-5 लाख रुपए कैश दे देना, फिर वो जाने और उनका काम और वैसे भी उन लोगों के पास बहुत पैसा हैं, फिर भी उन्होंने तुम्हारी कोई सहायता नहीं की बल्कि तुम्हारे पेंशन के पैसे और मकान पर भी कब्जा कर लिया। उन्हे 10 लाख देने के बाद भी तुम्हारे पास अपना एक फ्लैट और 10 लाख रुपए कैश होंगे। तो तुम अपनी पेंशन और 10 लाख रुपए के ब्याज से अपना खर्च आराम से चला लोगे, तुम्हें इस उम्र मे काम करने की भी जरूरत नहीं होगी और जब तुम्हारे पास फ्लैट और पैसे होंगे तो ये ही बेटे तुम्हारे पास बार बार आकर तुम लोगों की तबीयत पूछते रहेंगे। इसलिए मेरा कहना मानो और ऐसे बेटों के लिए कुछ मत करो जिन्होंने तुम्हारी ज़िंदगी नरक कर दी और तुम्हें परेशान होने के लिए अकेला छोड़ दिया, ऐसे बेटों से तो बेटे होना ना होना बराबर हैं। तुम्हें ऐसे बेटों की कोई चिंता नहीं करनी चाहिए वो अपना स्वयं का मकान बनाने मे पूर्ण रूप से काबिल हैं और वो बना भी लेंगे। इसलिए तुम मेरी राय मान लो।

काफी देर सोच विचार के बाद रमेश और शान्ता को सेठजी की बात बिल्कुल सही लगी और उन्होंने वैसा ही किया जैसा सेठजी ने सुझाव दिया था। अजय और विक्रम ने बहुत कोशिश की कि मकान ना बिके, परंतु रमेश और शान्ता अपनी बात पर अड़े रहे और मकान बेच दिया। उन्होंने अपने लिए एक छोटा सा फ्लैट ले लिया और सारे पैसे भी चुका दिए, बेटों को 5-5 लाख रुपए कैश दे दिया और आराम से शांति से रहने लगे और उनकी सारी चिंताएं दूर हो गई।

अब जब आज अजय और विक्रम रमेश से पैसे मांगने आए तो रमेश को सेठजी की बात याद आ गई कि बेटे बार बार आएंगे।

रमेश ने शान्ता से कहा कि सही बात है हम मकान को स्वर्ग भी बना सकते हैं और नरक भी। अगर सब सामंजस्य बनाकर चले तो स्वर्ग अन्यथा नरक।

कहानी क्रमांक– तेरह :

बुढ़ापे का सहारा : बेटा-बेटी या पैसा

राम प्रसाद के रेडीमेड कपड़ों की फैक्ट्री थी और उसे अपने आप पर बहुत घमंड था क्यूंकि उसके दोनों बेटे राकेश और मुकेश उसके साथ ही रहते थे और सब फैक्ट्री का काम देखते थे। राकेश के दो बेटियाँ आस्था और टीना थी और मुकेश के दो बेटे संदीप और कमल थे । जब तक राम प्रसाद जिंदा थे तब तक तो सब साथ थे और जैसे ही राम प्रसाद का स्वर्गवास हुआ वैसे ही राकेश और मुकेश ने जायदाद का बटवारा कर लिया और दोनों अपने अपने परिवार के साथ अलग रहने लगे और दोनों ने अपने बिजनस को भी अलग अलग कर लिया।

राकेश को हर वक्त चिंता सताएं रहती थी कि उसके बिजनेस मे कौन साथ देगा क्यूंकि उसके तो दो बेटियाँ आस्था और टीना हैं जबकि मुकेश के दो बेटे संदीप और कमल हैं जो मुकेश का बिजनेस संभालेंगे।

टीना पढ़ाई मे हमेशा अव्वल आती थी जबकि आस्था पढ़ाई मे ठीक ठाक थी। संदीप और कमल दोनों ही पढ़ाई मे बहुत अव्वल थे और हमेशा स्कूल मे फर्स्ट पोजीशन मे आते थे। ये चारों शहर के सबसे अच्छे स्कूल मे एक साथ पढ़ते थे। और जब ये कॉलेज मे आए तो चारों के कॉलेज ही अलग अलग हो गए। टीना डॉक्टर बनना चाहती थी तो वो डॉक्टरी की पढ़ाई करने दूसरे शहर चली गई। आस्था को पढ़ाई मे ज्यादा रुचि नहीं थी तो उसने अपने ही

शहर के एक साधारण से कॉलेज मे एडमिशन ले लिया। उधर मुकेश ने अपने दोनों बेटों को विदेश मे पढ़ाई करने भेज दिया।

टीना डॉक्टर बन गई और उसने एक डॉक्टर से लव मेरिज कर ली और फिर दूसरे शहर चली गई। आस्था ने ग्रैजूइट कर लिया और उसकी शादी राकेश ने एक क्लर्क से कर दी । संदीप ने विदेश मे पढ़ाई पूरी करने के बाद वहीं की एक लड़की से शादी करके वहाँ की नागरिकता ले ली। कमल अपनी पढ़ाई पूरी करके वापस इंडिया आ गया। मुकेश ने उसकी शादी एक बहुत बड़े अधिकारी की बेटी से कर दी।

संदीप तो विदेश मे ही रह गया और वो कमल की शादी मे भी नहीं आया। कमल भी शादी के बाद एक मल्टी नैशनल कंपनी मे एक उच्च अधिकारी बन गया और दूसरे शहर चला गया।

अब राकेश और मुकेश अपनी अपनी पत्नियों के साथ अकेले ही रह गए और दोनों से अब बिजनस भी नहीं संभल पा रहा क्यूंकि अब बिजनस मे बहुत कम्पीटीशन हो गया और एक से एक नई टेक्नॉलजी आ गई। फिर भी दोनों जैसे तैसे करके अपना अपना बिजनस संभाल रहे है। लेकिन वो दोनों एक दूसरे से कभी बात नहीं करते। कमल 2-4 महीने मे एक बार अपने माँ-बाप से मिलने आ जाता था। आस्था भी कभी कभी अपने माँ-बाप से मिलने आ जाती थी।

जब बिजनस अच्छी तरह नहीं चल पा रहा था तो राकेश ने अपनी फैक्ट्री 5 करोड़ रुपए मे बेच दी। जब ये समाचार कमल को मिला तो वो अपने पिताजी मुकेश के पास आया और उन्हे सलाह दी कि आप भी अपनी फैक्ट्री बेच दो, लेकिन मुकेश ने कहा कि अभी नहीं बेचेंगे वक्त आने पर सोचेंगे। उधर आस्था और टीना को भी जब ये समाचार मिला तो दोनों अपने अपने पतियों के साथ अपने

माँ-बाप से मिलने आ गई। चूंकि टीना और उसके पति डॉक्टर थे तो टीना के पति 3-4 दिन रुक कर वापस चले गए लेकिन टीना वहीं रही और आस्था भी अपने पति के साथ वहीं रुक गई। जबसे फैक्ट्री बेची तब से दोनों बेटियाँ राकेश को कुछ ज्यादा ही पूछने लगी और हर बात मे उन्हे राय भी देती और इज्जत भी करती। कुछ दिनों बाद सब वापस चले गए।

एक दिन राकेश का पुराना दोस्त हरीश उसे रास्ते मे मिल गया तो राकेश उसे अपने घर ले आया। बहुत दिनों बाद दो दोस्त मिले थे तो समय का पता ही नहीं चला उन्हे कि कब सुबह से शाम हो गई। हरीश बहुत पैसे वाला था, उसके 3-4 फैक्ट्रीज़ थी और उसके 1 बेटा और 1 बेटी थी और उन दोनों की शादी भी हो गई थी। हरीश ने 1-1 फैक्ट्री अपने बेटे और बेटी के नाम कर दी थी, लेकिन उसने अपने बेटे और बेटी को ये बात अभी तक नहीं बताई थी। बातों ही बातों मे हरीश ने राकेश से उसकी ज़िंदगी के बारे मे पूछा तो राकेश ने बताया कि उसने फैक्ट्री बेच दी है और अब ये मकान भी बेच कर वो 2 फ्लैट्स लेगा अपनी दोनों बेटियों के लिए। हरीश ने उसे समझाया कि तुम 2 फ्लैट ले लो अपनी बेटियों के लिए लेकिन दोनों फ्लैट अभी तुम स्वयं के नाम या तुम्हारी पत्नी के नाम लेना, बेटियों के नाम नहीं और बेटियों को ये भी मत बताना कि एक-एक फ्लैट उन दोनों का है। ये बोलकर हरीश अपने घर चला गया।

कुछ समय बाद राकेश ने अपना पुराना घर बेचकर 2 आलीशान फ्लैट ले लिए, जो कि बहुत महंगे आए, उसके पास पैसों की तो कमी थी नहीं क्यूंकि फैक्ट्री वाला पैसा भी अभी उसके पास था। दोनों बेटियाँ और उनके पति राकेश की और उसकी पत्नी की बहुत इज्जत करते थे, लेकिन अब जब से राकेश ने 2 फ्लैट लिए तब से बेटियों ने आना ही छोड़ दिया । राकेश और उसकी पत्नी दोनों अब बहुत बीमार रहने लगे, उन्हे अस्पताल मे ऐड्मिट

करवाया जहां लाखों रुपए लग गए। दोनों बेटियों को ये तो पता ही था कि उनके पापा ने 2 फ्लैट क्यूँ लिए हैं, एक आस्था के लिए और एक टीना के लिए। दोनों बेटियाँ कभी कभी अस्पताल मे मिलने आ जाती थी । एक दिन दोनों ने राकेश से पूछ लिया कि आपके पास कुल कितनी प्रॉपर्टी और पैसा हैं। राकेश ने उन्हे सब कुछ सही सही बता दिया।

कुछ दिनों बाद राकेश और उसकी पत्नी दोनों घर आ गए तो एक दिन दोनों बेटियाँ और उनके पति उनसे मिलने घर आए । बातों ही बातों मे आस्था ने कहा कि पापा आप ये सारी प्रॉपर्टी और पैसा मेरे और टीना के नाम कर दो ताकि आप लोगों के बाद हमे कोई समस्या ना हो और इस बात पर टीना ने भी जोर दिया।

राकेश ने एक फ्लैट टीना के नाम और एक फ्लैट आस्था के नाम कर दिया और 25-25 लाख की एक-एक एफ डी टीना और उसके पति तथा आस्था और उसके पति के नाम कर दी। 10-10 लाख की एफ डी आस्था और टीना के चारों बच्चों के नाम कर दी। अब राकेश के पास केवल 1 करोड़ रुपए के आस पास ही बचे।

जैसे ही प्रॉपर्टी बेटियों के नाम हुई उन लोगों ने उनसे मिलने आना ही बहुत कम कर दिया चाहे वो कितने ही बीमार क्यू ना हो। राकेश के घर के सारे काम करने के लिए 2 नौकर थे जो हर दम वही रहते थे। उन्हे राकेश ने सर्वन्ट रूम भी दे रखे थे वो लोग घर का सारा काम करते थे और खाना भी बनाते थे लेकिन वो नौकर बहुत वफादार थे। अचानक उन नौकरों को गाँव जाना पड़ा तो राकेश को सबसे ज्यादा समस्या खाने की हुए, उसने पास से एक टिफ़िन सेंटर से खाने की व्यवस्था तो कर ली लेकिन अब और कामों की समस्या होने लगी। बेटियों को पता चलने के बाद भी वो वहाँ आकर नहीं रुकी। वो तो ये जोर देने लगी कि इन फ्लैट्स के

पेपर्स हमे दे दो। और दोनों बेटियों ने अब तो आपस मे बोलना भी बंद कर दिया।

राकेश अब बहुत परेशान रहने लगा, अब ना तो उसकी सही तरह से खाने की व्यवस्था थी और ना ही उन्हे कोई संभालने वाला था। राकेश ने दोनों फ्लैट्स दोनों बेटियों को दे दिए और स्वयं एक छोटे से फ्लैट मे शिफ्ट हो गया और उसने सोचा कि चलो भगवान का शुक्र हैं कि मेरे पास पैसा हैं तो हम कम से कम दर दर की ठोंकेरें तो नहीं खाएंगे। बेटियों ने उन्हे संभालना बिल्कुल ही बंद कर दिया और वो कभी भी उनसे मिलने नहीं आती क्यूंकि उन्हे तो प्रॉपर्टी पहले ही मिल गई।

उधर मुकेश के बेटे संदीप ने तो इंडिया मे आना ही छोड़ दिया और उसने मुकेश को एक पत्र लिख कर भेज दिया कि आप हम दोनों भाइयों के नाम जो प्रॉपर्टी होनी हैं वो कर दो और मेरे हिस्से की जो प्रॉपर्टी हैं उसे बेचकर उसके पैसे मुझे तत्काल ट्रांसफर कर दे। कमल भी अब मुकेश को कहने लगा कि आप प्रॉपर्टी हमारे नाम कर दो मुझे पैसे चाहिए।

आखिर मुकेश ने तंग होकेर प्रॉपर्टी के तीन हिस्से कर दिए । एक-एक हिस्सा दोनों बेटों को दे दिया और एक हिस्सा स्वयं रख लिया क्यूंकि उसे मालूम था कि अगर सारी प्रॉपर्टी बच्चों को दे दी तो उसे या तो सड़क पे आना पड़ेगा या फिर किसी आश्रम मे जाना पड़ेगा। उसे ये भी मालूम था कि राकेश की और उसकी अभी क्या हालत हैं बच्चों के होते हुए भी उन्हे अकेले रहना पड़ रहा हैं।

कुछ दिनों बाद वो राकेश से मिलने गया तो देखा कि वो खुश हैं उसने इसका कारण पूछा तो राकेश ने बताया कि हमने अपने हिस्से का पैसा रख लिया जो अब हमारे बुढ़ापे का सहारा हैं और

हमे किसी के आगे हाथ नहीं फैलाने पड़ रहे। इसलिए जो लोग भी अपनी प्रॉपर्टी के हिस्से करते हैं तो उन्हे अपना हिस्सा जरूर अपने पास रखना चाहिए।

बुढ़ापे मे अगर आपके पास पैसा हैं तो समझो वो ही आपका सबसे बड़ा सहारा हैं।

कहानी क्रमांक- चौदह :

वेतन या अहसान

आज फिर माथुर साहब (जो एक सरकारी विभाग मे सर्वोच्च अधिकारी हैं) तमतमाते हुए और गुस्से मे ऑफिस आए और आते ही पूरे स्टाफ को अपने चैम्बर मे बुलाकर बिना वजह डांटते रहे। फिर वो मिस्टर चोपड़ा से बोले कि चोपड़ा जी वो जो डेली वेजेस मे आदमी रखने हैं वो कब और कितने रखने हैं। उन्हे डेली के हिसाब से कितना पैसा देंगे और उनका ऑफिस टाइम क्या रहेगा ? तब चोपड़ा बोले कि सर पाँच लॉगों को रखना हैं और 3-4 दिन मे उन्हे रखना हैं और उन्हे 315/- रुपए डेली के हिसाब से रखना हैं, उनका टाइम सुबह 8 से शाम को 6 बजे तक का रहेगा। तो माथुर साहब बोले कि पहले सारे ब्रांच ऑफिस से पूछ लो कि किनको डेली वेजेस का आदमी रखना हैं।

मिस्टर चोपड़ा अपने ऑफिस मे आए और सब लोगो से कहने लगे कि लगता हैं आज फिर साहब का अपनी बीवी के साथ झगड़ा हुआ हैं तभी वो गुस्से मे ऑफिस आए हैं, उनका गुस्सा बता देता हैं कि उनका बीवी से झगड़ा हुआ हैं। सारे ब्रांच ऑफिस मे मिस्टर चोपड़ा ने पूछ लिया कि जिन्हे डेली वेजेस मे आदमी चाहिए, वो अपनी रिपोर्ट तुरंत दे ।

थोड़ी देर बाद मिस्टर चोपड़ा सारी रिपोर्ट लेकर माथुर साहब के पास गए और उन्हे बताया कि सर सब ब्रांच ऑफिस से रिपोर्ट आ गई हैं और कुल 6 लोगों को डेली वेजेस मे रखना हैं तो माथुर साहब ने कहा ठीक हैं जो अच्छा आदमी लगे उसे रख लो।

दूसरे दिन ऑफिस मे आते ही माथुर साहब ने चोपड़ा को बुलाया और बोले कि तुम ऐसा करो कुल 8 लोगों को डेली वेजेस मे रखो तो मिस्टर चोपड़ा बोले कि सर ब्रांच ऑफिस से जो रिपोर्ट आई हैं उसी आधार पे हम 6 लोगों को ही रख सकते हैं तो चोपड़ा साहब बोले कि ऐसा करो जहां से रिपोर्ट नहीं आई हैं उन्हे कहो कि वो 1 आदमी रखने की रिपोर्ट दे, ये मेरा आदेश हैं। तब चोपड़ा बोले कि उन्हे जरूरत नहीं है तो वो डेली वेजेस के आदमी को क्या काम देंगे और उन्हे कहा रखेंगे।

माथुर साहब बोले कि रखने तो 8 आदमी ही हैं उनमे से 6 आदमी ऑफिस मे काम करेंगे और 2 आदमी मेरे घर पे काम करेंगे और उनकी रोजाना की उपस्थिति किसी ब्रांच ऑफिस से मँगवा लेना। एक आदमी मेरे घर सुबह 6 बजे आएगा और दोपहर मे 4 बजे तक रहेगा तथा दूसरा आदमी दोपहर 2 बजे से रात 11 बजे तक रहेगा। उन दोनों को सुबह बेड टी से बनाने से लेकर रात के बर्तन साफ करने पड़ेंगे। तो तुम जिन्हे भी रखो पहले ये सब बता देना और उनकी पगार ऑफिस से ही देनी हैं। क्यूंकि मै घर पे बीवी से रोज रोज के झगड़े से परेशान हो गया हूँ उसे घर पे काम करने के लिए नौकर चाहिए ताकि वो फ्री रह सके और किटी पार्टी करती रहे।

इस तरह ऑफिस के नाम पे 8 आदमी डेली वेजेस पे रख लिए गए और उनमे से 2 को माथुर साहब के घर पे लगा दिया। इस बात की जानकारी ऑफिस मे सभी को थी लेकिन कोई बोल नहीं सकता था क्यूंकि माथुर साहब सबसे उच्च अधिकारी थे।

दोनों डेली वेजेस के आदमियों को माथुर साहब के काम करते करते 6 माह बीत गए, धीरे धीरे माथुर साहब की बीवी उन दोनों को वजह-बेवज़ह डांटती रहती और उनकी शिकायत माथुर साहब से करती रहती। माथुर साहब उन दोनों से बोलते कि तुम्हें

पगार काम करने की मिलती हैं तो जो काम तुम्हारी मालकिन तुम्हें बताए वो करना पड़ेगा वरना मै डेली वेजेस मे से पैसे काट लूँगा। तुम्हें डेली वेजेस के पैसे तभी मिलते हैं जब मै तुम्हारा बिल पास करता हूँ वरना तुम्हें पैसे ही नहीं मिले। अहसान मानो मेरा कि मैंने तुम्हें काम पे रखा हुआ हैं वरना तुम्हारी जगह बहुत से लोग काम करने को तैयार हैं।

इस तरह उन दोनों को माथुर साहब के घर मजबूरी मे काम करना पड़ रहा हैं, वो जानते हैं कि उनकी जगह बहुत से लोग काम करने आ जाएंगे क्यूंकि देश मे बेरोजगारी बहुत हैं। वो मन ही मन सोचते हैं कि माथुर साहब हमे हमारी मेहनत का पैसा देते हैं और वो भी स्वयं ना देकर सरकार से लेकर देते हैं और कहते हैं कि अहसान करता हूँ लेकिन हम भी क्या करे। और हमे यहाँ ऑफिस से भी ज्यादा काम करना पड़ता हैं।

जब कभी भी उन दोनों से कोई छोटी सी भी गलती हो जाती हैं तो माथुर साहब उन्हे ये ही कहते हैं कि काम अच्छी तरह करा करो नहीं तो तुम्हें नौकरी से निकाल दूंगा, मेरा अहसान मानो कि मैं तुम्हें पैसे देता हूँ।

वो दोनों कई बार मिस्टर चोपड़ा से शिकायत भी करते हैं कि हमे माथुर साहब के घर बहुत काम करना पड़ता हैं और ऊपर से डांट भी खानी पड़ती हैं तो चोपड़ा जी बोलते हैं कि इसमे मै कुछ नहीं कर सकता तुम्हें वहाँ काम तो करना पड़ेगा जो वो लोग कहेंगे। हम लोगों का अहसान मानो कि तुम्हें काम पे रखा हुआ हैं।

इसी तरह मिस्टर चोपड़ा ऑफिस मे एक आदमी नरेश को डेली वेजेस पर और रख लेते हैं और उसे अपने साले की फैक्ट्री मे काम करने भेज देते हैं।

कुछ दिनों बाद चोपड़ा जी का साला उनसे बोलता हैं कि जीजाजी आपको तो पता ही है कि अपनी फैक्ट्री और घर एक ही जगह हैं इसलिए ऐसा कोई आदमी बताओ जो फैक्ट्री के साथ साथ घर पे भी काम करे और उसका टाइम सुबह 8 बजे से रात 10 बजे तक का हो। वो सुबह 8-12 फैक्ट्री मे, 12-3 घर पे, 3-6 फैक्ट्री मे और 6-10 घर पे काम करेगा। उसे डेली वेजेस का पैसे तो आपका ऑफिस दे ही देगा मै उसे दोपहर का और रात का खाना खिला दूंगा क्यूंकि घर मे 10-12 आदमियों का तो खाना बनता ही हैं तो उसमे वो भी खा लेगा और वैसे दोपहर और रात का खाना बनाना भी तो उसे ही।

मिस्टर चोपड़ा नरेश को कहते हैं कि तुम्हें फैक्ट्री के साथ साथ मेरे साले के घर भी काम करना पड़ेगा और तुम्हारा टाइम सुबह 8 बजे से रात 10 बजे तक का रहेगा और उसे काम का पूरा टाइम टेबल समझा देते हैं तथा साथ ही यह भी कहते हैं कि मेरा अहसान मानो कि तुम्हें काम पे रखा हुआ हैं तुम्हारा डेली वेजेस का पैसा तुम्हें ऑफिस से मिलता रहेगा। नरेश की भी मजबूरी थी काम करने की इसलिए उसने सोचा कि काम तो करना ही पड़ेगा, तो उसने काम के लिए हाँ बोल दी।

एक बार नरेश और दोनों डेली वेजेस वाले आदमी (जो माथुर साहब के घर पे काम करते हैं) संडे को मिले तो आपस मे ये ही बात की कि ये देखो सरकारी ऑफिसर के कारनामे कि डेली वेजेस के आदमी रखते तो ऑफिस के लिए हैं परंतु काम उनसे घर का करवाते हैं और साथ मे वो ऑफिसर ये कहते हैं कि ये अहसान मानो हमारा कि तुम्हें वेतन दे रहे हैं जबकि वो तो हमारा काम करने का महेनताना हैं कोई अहसान नहीं।

अब उन्हे कौन बताए कि वो सरकारी ऑफिस मे डेली वेजेस पे काम पे रखे गए हैं जबकि उनसे सरकारी ऑफिस मे काम

ना करवाकर ऑफिसर के घर पे काम करवाया जाता हैं और उनका वेतन सरकार से लेकर उन्हे देते हैं। वैसे सारे सरकारी ऑफिस मे ये ही सीस्टम चलता हैं लेकिन इसका मतलब ये तो नहीं कि उन्हे जो रुपए दिए जाते हैं वो उनका वेतन होता हैं ना कि कोई अहसान ।

कहानी क्रमांक– पंद्रह :

दानी कौन (सेठ या कर्मचारी)

चारों ओर सेठ लक्ष्मी कान्त जी की जय जय कार हो रही है, सब लोग बोल रहे है सेठ लक्ष्मी कान्त जी की जय हो । सब लोग कह रहे हैं की सेठ लक्ष्मी कान्त जी कितने दयालु हैं, धार्मिक हैं और कितने सज्जन इंसान हैं। आज ही उन्होंने मुख्य मंत्री सहायता कोश मे 10 लाख रुपए दिए हैं, 3 गरीब लोगों को ई-रिक्शा दिया है, जिस पर लिखा हैं **"सेठ लक्ष्मी कान्त चेरीटेबल ट्रस्ट की तरफ से भेट"** । लोग ये भी बोल रहे हैं कि सेठ लक्ष्मी कान्त हर साल लोगों की कितनी सहायता करते हैं। सेठ लक्ष्मी कान्त जी का शहर मे बहुत नाम हैं । सारे लोग उन्हे बहुत धर्मात्मा और दानी मानते हैं। उनके कई फैक्ट्री है, कई माइंस हैं और कई बड़े बड़े शो रूम है, ऐसा कोई व्यापार नहीं हैं जो वो ना करते हो। समाज के सामने उनकी छवि इतनी अच्छी हैं कि कई लोग तो उन्हे देवता मानते हैं, लेकिन इन सबके पीछे सेठ लक्ष्मी कान्त जी का एक और दूसरा रूप हैं, वो ये हैं कि वो हथियारों की ओर ड्रग्स की स्मगलिंग का काम करते हैं।

सेठ लक्ष्मी कान्त की सारी माइंस मे, फैक्ट्रियों मे और शो रूम्स मे लगभग 5000 आदमी काम करते हैं। जिनका काम करने का समय 10 घंटे का होता हैं और इस बीच उन्हे सिर्फ आधा घंटा खाना खाने का और 15 मिनट चाय-नाश्ते के लिए मिलता हैं। बाकी समय मे उन लोगों से बहुत ज्यादा काम लिया जाता हैं। उन लोगों को जितना काम करना पड़ता हैं उतना वेतन सेठ लक्ष्मी कान्त उन्हे नहीं देता हैं। अगर कोई कर्मचारी 15 मिनट देर से आता है तो उसका आधे दिन का वेतन काट लेते हैं। और महीने

का जो वेतन कर्मचारियों को दिया जाता हैं उसमे से हर माह 10 प्रतिशत वेतन चंदे/धर्म के नाम पर काट लेते हैं। इस तरह हर माह सेठ लक्ष्मी कान्त के पास चंदे/धर्म के नाम पर लगभग 10 लाख रुपए इकट्ठे हो जाते हैं। एक वर्ष मे लगभग एक करोड़ रुपए तो सेठ लक्ष्मी कान्त को चंदे/धर्म के नाम पर मिल जाते हैं। जब भी किसी को कुछ सहायता की जरूरत होती हैं तो वो सेठ लक्ष्मी कान्त के पास जाते हैं और सेठ लक्ष्मी कान्त उनकी जरूरत जितनी होती हैं उसका 30-40 प्रतिशत ही वो उनकी सहायता करता हैं वो भी उन पैसों से जो उसने कर्मचारियों से लिया हैं।

सेठ लक्ष्मी कान्त जी ने एक चेरीटेबल ट्रस्ट भी बनवाया हुआ हैं जिसमे वो दूसरे बड़े बड़े लोगों से डोनैशन लेते हैं। उस चेरीटेबल ट्रस्ट मे उन दूसरे लोगों से भी लगभग साल मे एक से डेढ़ करोड़ रुपए आ जाते हैं। दूसरे लोग उसमे डोनैशन इसलिए देते हैं कि एक तो वो ट्रस्ट सेठ लक्ष्मी कान्त चलाते हैं और दूसरा उन लोगों को सेठ लक्ष्मी कान्त से अच्छा बिजनस मिल जाता हैं।

सेठ लक्ष्मी कान्त जी का चेरीटेबल ट्रस्ट गरीबों की आर्थिक सहायता करता हैं, विधवा औरतों की दुबारा शादी करवाता हैं, और बहुत से सामाजिक कार्य करता हैं। सेठ लक्ष्मी कान्त इन कार्यों मे जो कुछ भी खर्च करता हैं उसके डेढ़ गुना वो अपने खाते मे लिखता हैं।

दूसरी और सेठ लक्ष्मी कान्त जो भी सामान बनाता हैं तो उसको बनाने मे सारे खर्चे मिलकर जो लागत आती हैं उससे चार से छः गुना कीमत पर वो सामान बेचता हैं, इस तरह सेठ लक्ष्मी कान्त जनता को सही कीमत पर सामान बेचने की जगह बहुत ज्यादा कीमत पर सामान बेचता हैं, इसमे भी वो जो सामान बनाने की लागत आती हैं उससे डेढ़ गुना लागत वो अपने खाते मे लिखता

हैं। सेठ लक्ष्मी कान्त अपने कारांचारियों का बहुत शोषण करता हैं तथा सारे कर्मचारी उससे डरते हैं क्यूंकि वो कभी भी किसी को भी नौकरी से निकाल सकता हैं और उनका पी एफ का पैसे स्वयं खा जाता हैं।'

इस तरह सेठ लक्ष्मी कान्त सरकार से बहुत सारा टैक्स बचा लेता हैं। सेठ लक्ष्मी कान्त अपने चेरीटेबल ट्रस्ट से जो भी सामाजिक कार्य करता हैं उसमे नाम सेठ लक्ष्मी कान्त का ही होता हैं जबकि हकीकत मे ये सारा पैसा उसके कर्मचारियों की मेहनत का और दूसरे लोगों का होता हैं, इस चेरीटेबल ट्रस्ट मे सेठ लक्ष्मी कान्त अपनी तरफ से साल मे सिर्फ एक लाख रुपए लगता हैं, बाकी तो सारा पैसा दूसरों का होता हैं लेकिन समाज मे और देश मे **एक दानी के रूप मे** नाम सेठ लक्ष्मी कान्त का ही होता हैं।

इन सब बातों का राज केवल सेठ लक्ष्मी कान्त का बेटा और उनका वकील धर्म चंद ही जानते हैं लेकिन वो सेठ लक्ष्मी कान्त को कुछ भी नहीं कहते क्यूंकि बेटा तो लक्ष्मी कान्त का उत्तराधिकारी होगा और वकील को चेरीटेबल ट्रस्ट की तरफ से अच्छा पैसा मिलता हैं।

लेकिन दोनों आपस मे ये बात जरूर करते हैं कि असली दानी और धर्मात्मा सेठ लक्ष्मी कान्त नहीं हैं बल्कि उसके कर्मचारी और दूसरे लोग हैं।

लेकिन जनता को ये बात कौन बताए कि दानी कौन हैं ? जनता तो ये सोचती हैं कि दानी तो सेठ लक्ष्मी कान्त जी ही हैं जबकि हकीकत मे दानी उसके कर्मचारी और दूसरे लोग हैं।

www.ingramcontent.com/pod-product-compliance
Ingram Content Group UK Ltd.
Pitfield, Milton Keynes, MK11 3LW, UK
UKHW042000190726
13854UKWH00005B/2075

9 789354 725609